BIG LIFE

빅 라이프

빅라이프 13

우지호 장편소설

초판 1쇄 찍은 날 | 2017년 7월 18일
초판 1쇄 펴낸 날 | 2017년 7월 25일

지은이 | 우지호
펴낸이 | 예경원

기획 | 위시북스
편집책임 | 박우진
편집 | 이즈플러스

펴낸곳 | 예원북스
등록번호 | 제396-2012-000132호
등록일자 | 2012. 7. 25
KFN | 제1-128호

주소 | 경기도 고양시 일산동구 호수로 646-24 위너스21 II 빌딩 206A호 (우)10401
전화 | 031-819-9431 팩스 | 031-817-9432
E-mail | yewonbooks@naver.com

ISBN 979-11-6098-381-4 04810
979-11-5845-517-0 (set)

※ 이 도서의 국립중앙도서관 출판시도서목록(CIP)은 서지정보유통지원시스템 홈페이지(http://seoji.nl.go.kr)와 국가자료공동목록시스템(http://www.nl.go.kr/kolisnet)에서 이용하실 수 있습니다.

빅 라이프

BIG LIFE

우지호 장편소설

13

WISHBOOKS MODERN FANTASY STORY

Wish Books

빅라이프
BIG LIFE

CONTENTS

128장

뉴스가 뉴스를 만드네

–뉴스 보셨습니까, 유진? 더 브레스 방탄복 됐다고 뉴스 봤어요? 더 브레스 사람 살리는 숨결 됐다고 뉴스 봤냐고요?

에이든은 한껏 흥분한 목소리였다. 유진이 대답할 틈도 주지 않고 빠르게 말을 이었다.

–하재건 선생님 선물 마이클에게 전달할 때 기대 없었다면 거짓말입니다. 그래도 이렇게까지 와우, 상상 못 했습니다. 우리 대표 벤 난리 났습니다. 지금도 내 앞에서 올드스쿨 댄스 춰요. 댄스 다 끝나면 나와 연봉 협상 테이블에 앉을 거예요.

"축하해요, 에이든. 두 배로 올려달라고 하세요."

유진은 웃음이 그치지 않아 저려오는 제 뺨을 부여잡고 있었다. 기사 제목에도 나왔듯이 이 사태는 기적이다.

그녀의 생각을 읽기라도 한 듯 에이든이 말했다.

–그냥 지나칠 수도 있었어요. 그런데 하재건 선생님 안 지나쳤어요. 사인해서 책 주고, 마이클 어떻게 사는지 보고 노트북도 사줬어요. 마이클 감동 엄청 했어요. 마이클만이 아니라 많은 미국인 하재건 선생님 배려 때문에 감동했어요. 오, 마이 갓! 지저스!

"흥분 좀 가라앉혀요, 에이든. 저스트 릴랙스 앤 톡 투 미. 현지 상황은 어때요? 변화가 좀 느껴져요?"

–지금부터 말하려고 생각하고 있었어요. 주문 전화 엄청 와요. 인터넷으로도 엄청 팔려요. 우리 직원 전부 인쇄소 달려갔어요. 이제 10만 부? 20만 부? 아니에요. 더 브레스 100만 부씩 200만 부씩 팔릴 거예요!

유진이 무심결에 주먹을 불끈 쥐었다. 단발성 화제로 그치지 않아서 다행이었다. 확실한 판매량으로 직결되고 있는 것이다.

–그래서 할 말이 있어요, 유진.

"뭔데요? 말해봐요."

–L.A 타임스에서 연락 왔어요. 더 브레스와 하재건 선생님에 대해 비중 있게 인터뷰하고 싶대요.

"정말요? 그렇게 중요한 걸 왜 이제야 말해요!"

유진의 호흡이 다시금 가빠졌다.

L.A 타임스와의 인터뷰라니. 베스트셀러 10위권에 진입하는 건 이제 일도 아니다.

"하재건 선생님하고 일정 조율할게요. 근시일 내로 화상 인터뷰할 수 있도록 제가 말씀드려 둘게요."

—고마워요, 유진. 뉴욕에서도 마케팅 잘해주셨어요. 유진에게도 정말 감사하고 있어요.

통화를 끝낸 유진은 바로 재건의 번호를 눌렀다. 창밖으로 보이는 세상은 화창한 날씨였다.

BIG LIFE

"알겠습니다. 그럼 조만간 제가 또 댁으로 가겠습니다. 아니에요, 임신하신 몸으로 어딜 나오신다고요. 네, 연락주세요."

재건이 통화를 끝내고 핸드폰을 내려놓았다. 옆에서 인터넷을 검색하고 있던 연우가 기다렸다는 듯이 말했다.

"와, 재건이 형. 진짜 장난 아니에요. 마이클 얘기 때문에 더 브레스 얘기 나오고, 바다가 있었다랑 겨자 목욕탕 얘기까지 나오고 있다니까요. 같은 작가 작품이라고."

"전화 받기 전에도 그 말 했었다, 너."

"뉴스가 뉴스를 만드네, 진짜. 우와, 형! 겨자 목욕탕 판권 사간 패러마운틴사요! 180만 달러에 판권 사갔는데 여태 잠잠했었잖아요! 근데 배우 물색 거의 다 됐다고 공식 입장 밝혔어요! 지금 거의 3시간 전쯤 뜬 최신 기사예요!"

"목소리 좀 낮춰. 여기 우리밖에 없어?"

재건이 연우를 다시금 나무라고는 우동 면발을 한입 입에 넣었다.

작가 사무실 건물 근처의 아케이드 식당가였다. 밤새 글을 쓰고 연우와 둘이서 먹는 늦은 아침밥이었다.

"더 브레스 흥행하니까 형이랑 관련된 업체 여기저기서 뉴스가 나오네요. 진짜 우리 재건이 형 인성 알아줘야 돼. 마이클도 너무 멋지다. 대단한 소년이야."

"너만큼 멋질까."

"진심이세요, 형?"

"그래, 진심이니까 기분 좋으면 밥값은 네가 내."

연우가 가슴을 쫙 펴고는 고개를 끄덕였다.

"더 시키세요, 형. 우동 한 그릇으로 되겠어요? 저 인세도 받았고 여기 메뉴 다 시켜드릴 수도 있어요."

재건은 미소로 답하고 묵묵히 우동을 먹었다.

연우가 기운을 차려서 다행이었다. 아버지가 돌아가신 뒤로 작가로서의 생활에 확실히 질서가 잡혔다. 정신적으로 흐트러지는 모습도 없고 성적에 관계없이 꾸준히 글을 쓰기 시작했다.

때때로 자면서 악몽을 꾸는지 잠꼬대를 심하게 하지만 차차 나아지리라.

"근데 이놈의 악플러들은 끝까지 안 사라지고 나오네."

연우가 불쾌해진 표정으로 핸드폰을 들여다보며 중얼거렸다.

"저도 어지간한 건 그냥 넘어가는데 유독 심하게 악플 다는 애들 종종 보여요. 인신공격에 가족 욕하는 이런 놈들은 다 잡아넣으셔야 돼요, 형."

"그런 건 변호사님이 알아서 해주실 거니까 넌 신경 꺼."

"오늘은 뭐 하실 거예요?"

"집에 들어가야지. L.A 타임스 메일 받으면 인터뷰 답안부터 작성하고, 남는 시간엔 사람의 악의 써야지."

연우가 뒷머리를 긁적이며 조심스럽게 말했다.

"전 솔직히 사람의 악의가 무슨 내용인지 형이 보여주신 원고 읽어도 잘 모르겠더라고요."

"나도 모르겠다. 내가 무슨 글을 쓰고 있는 건지. 아직 정리도 안 됐고."

"게다가 읽을 때마다 뭔가 찝찝하고 무섬증 나요. 겨자 목욕탕 읽을 때도 무서웠는데 그거랑은 감각이 좀 달라요. 흠…… 아무튼 전 형이 그런 글보단 판타지나 무협만 계속 써주셨으면 좋겠어요."

"쓰고 있잖아, 열심히. 다 먹었으면 이만 가자. 너도 들어가서 눈 좀 붙여야지."

재건은 사무실로 돌아가지 않고 건물 앞에서 연우와 헤어졌다. 지하철에 올라타서 창밖으로 세상을 보니 집으로 가려던 마음이 살짝 바뀌었다.

'그다지 피곤하지도 않은데 간만에 거기나 갈까.'

지하철에서 내린 재건은 '더 브레스'가 태어났던 장소로 걸음을 내디뎠다.

저 멀리 카페 간판이 먼저 보였고, 뒤이어 전면 유리창을 닦고 있는 주인이 눈에 들어왔다.

"안녕하셨어요?"

재건이 인사를 건넸다.

돌아본 주인은 입이 귀 밑까지 걸리도록 환히 웃었다.

"아이구, 선생님. 오랜만에 뵙습니다. 어쩐 일이세요?"

"제가 여기 오는 이유야 오늘도 똑같죠."

"이렇게 이른 시간에 오신 적이 처음인 것 같아서 말입니다. 어서 들어가세요."

카페로 들어선 재건은 자신의 사인 액자가 걸린 홀을 지나

구석진 테이블에 자리를 잡았다. 따로 주문할 필요도 없었다. 이제 주인은 재건이 오면 알아서 아이스 아메리카노를 가져다준다.

"더 브레스 미국 출간 건으로 한국도 벌써 시끌시끌합니다."

커피를 테이블에 내려놓으며 주인이 하는 말이었다.

"요즘 매일 해외 뉴스 찾아봅니다. 더 브레스에 관해서 또 무슨 기사가 올라왔나 궁금해서요. 제가 또 어디 그냥 카페 주인입니까? 더 브레스가 태어난 카페 아닙니까, 여기가. 하하하."

"그렇게 말씀해 주시니 감사하네요."

"손님도 눈에 띄게 늘었습니다. 하 선생님 좋아하는 작가 지망생들이 곧잘 와서 커피 마시며 글도 쓰고 서로 비평도 하고 그래요. 매상 안 나와서 영 고민이었는데, 하 선생님 정말 여러 사람 살려주십니다."

재건이 코끝을 긁으며 머쓱하게 웃었다.

잠시 후, 쟁반을 들고 사라졌던 주인은 책 한 권을 들고 되돌아왔다. 미국에서 출간된 '더 브레스' 영문판이었다.

"언제 오시나 기다리고 있었습니다. 사인 좀 부탁드립니다."

"영문판도 구입하신 거예요?"

"출간되자마자 아마존 통해서 구입했지요. 제가 이래 봬도 영문학 전공했습니다? 하하하."

사인을 받은 주인은 기뻐하며 카운터로 돌아갔다. 더 이상 말을 걸지 않았다. 재건의 집필을 방해하지 않기 위해 음악 소리도 살짝 줄였다.

'자, 그럼 또 사람의 악의에 대해 파헤쳐 볼까.'

편안한 분위기 속에서 재건은 노트북을 펼쳤다. 첫 문장을 쓰자마자 이 카페에 오기를 잘했다는 생각부터 들었다. 익숙한 카페여서 확실히 집중이 잘된다. '더 브레스'와 '현대지존록' 원고도 일단 끝낸 마당이라 마음이 편했다.

타다다닥! 타닥!

타다닥!

얼마나 글을 쓰고 있었을까. 문득 기척을 느낀 재건은 고개를 들었다. 바로 옆자리에 개량 한복을 입은 노인이 앉아 있었다.

"어? 어르신, 안녕하세요."

재건이 놀라서 키보드를 두드리던 열 손가락을 멈췄다. 얼마 전 서건우의 무덤에서 만났던 바로 그 노인이 아니던가.

"여긴 어쩐 일이세요?"

"사는 곳 근방이니까 가끔 오네. 자네도 여기 꽤나 자주 오는 편인가 보군."

"여기서 글을 쓰면 집중이 잘돼서요. 커피라도 한잔하시겠어요? 제가 사 오겠습니다."

재건이 자리에서 일어섰다.

그러나 노인은 손을 휘휘 내저어 거절하고는 노트북 쪽으로 눈길을 던지며 물었다.

“커피는 됐고, 무슨 글인가?”

“글이요?”

“자네가 쓰고 있던 글 말이야. 나도 좀 볼 수 있겠나?”

“아…… 네, 아직 글이라고 할 것도 없습니다만.”

재건이 노인의 테이블로 노트북을 옮겨주었다.

다른 사람의 청이었다면 바로 거절했을 것이다. 아직 인물 조형조차 끝내지 못한 미완성 원고니까. 하지만 대선배의 무덤 앞에서 조우한 이 노인이 상대라면 얘기가 달라진다.

“기계 못 만져. 화면은 자네가 내려주게.”

“네, 말씀하시면 제가 다음 장으로 넘겨드리겠습니다.”

노인은 바로 앉아 ‘사람의 악의’ 원고에 두 눈을 들이밀었다.

그가 다 읽었다는 신호로 고갯짓을 할 때마다 재건은 날렵하게 페이지를 넘겼다.

수십 쪽에 달하는 원고였지만 노인이 다 읽기까지는 그다지 긴 시간이 들지 않았다.

“사람을 먼저 만들어 놓고 날뛰게 하려는 거로군.”

다 읽고 난 노인이 대뜸 감상을 말했다.

“……!”

재건은 명치라도 얻어맞은 사람처럼 몸을 흠칫 떨었다.

“어떤 이야기가 될지 지금 자네도 모르고 있잖아. 자네가 만든 이 사람이 날뛰는 대로 이야기가 만들어질 테고. 자네는 자네가 만든 사람에게 소설적인 책임을 몽땅 전가하려는 거군?”

“그, 그렇게 보실 수도…… 네, 맞습니다. 어, 어르신…….”

당황한 재건이 더듬더듬 대답했다.

노인은 어려운 단어나 전문적인 용어를 하등 사용하지 않으면서도 그의 정곡을 찔렀다. 어쩌면 작가일지도 모르겠다는 생각이 물밀 듯이 밀려왔다.

“자네가 지금껏 살면서 느낀 사람들의 악의인가?”

“네, 말씀드리자면 그렇습니다.”

노인이 노트북에서 시선을 거두고 재건을 똑바로 쳐다보았다.

“이거 자네 일기가 아니라 소설이지?”

“네, 어르신. 소설입니다.”

“그러면 독자들도 알아먹어야겠지?”

“물론입니다, 어르신.”

“소통에 신경 쓰게. 그리고 자네가 만든 이 인물에 너무 빠져들지 마. 정신 피폐해져. 나는 뒷간 좀 다녀오겠네.”

말을 마친 노인이 뒷짐을 지고는 일어섰다. 그사이에 재건은 방금 들었던 노인의 감상을 곱씹으며 깊은 생각에 빠져들었다.

하지만 여러 시간이 지나도 화장실에 간다던 노인은 돌아오지 않았다.

BIG LIFE

"으으, 아니야……! 내 잘못이 아니야……!"

"아버지, 괜찮으세요? 아버지."

명훈이 어깨를 흔들어 태진을 깨웠다. 두 팔로 허공을 휘젓고 있던 태진이 두 눈을 부릅떴다. 벌어진 입으로는 거친 숨을 헐떡이면서.

"악몽이라도 꾸셨어요?"

"하아……!"

태진이 땀으로 범벅이 된 몸을 일으켜 앉았다. 최근 들어 악몽을 꾸는 일이 잦아졌다. 호흡을 고르면서 시계를 보니 이미 아침이었다.

"애비가 또 심하게 잠꼬대라도 했냐?"

"오죽하면 거실에 있는 저한테까지 들렸겠어요? 물 한잔 드세요."

명훈이 미온수 한 컵을 건넸다. 태진은 단번에 컵 바닥까지 물을 들이마시고는 비로소 한숨 돌렸다.

"아버지 이러시는 거 형 때문 아니에요?"

"무슨 엉뚱한 소릴."

"형 나가고 나니까 뒤숭숭해지신 것 같다고요. 아버지, 이제 그만 형 용서해 주세요."

태진은 입을 다문 채 말이 없었다. 이제는 명석이 유진을 데리고 찾아와 용서를 빈다면 못 이긴 척 받아줄 수도 있을 것 같았다. 하지만 자신이 먼저 손을 내밀 수는 없는 노릇이었다.

"쓸데없는 소릴랑 말구. 가서 네 일이나 봐라. 출근해야지."

"네…… 아침 드시러 나오세요."

가족들과 아침을 먹은 후, 명훈은 한발 먼저 집에서 나와 차에 올랐다. 시동을 켜자 어제 들었던 라디오 방송이 자동으로 흘러나왔다.

[……미국에서 출간된 하재건 작가의 판타지 소설 '더 브레스-드래곤 라이더' 소식 먼저 들려드리겠습니다. 계약을 맺은 오픈하우스 측의 발표에 따르면 현재 200만 부의 판매고를 기록했고요. L.A 타임스 베스트셀러 10위권 내에도 이름을…….]

명훈이 더 듣지 않고 라디오 주파수를 변경했다. 아침 출근길부터 라디오로 재건의 이야기를 듣게 되다니. 가만히 더 듣고 있다간 교통사고를 낼지도 모를 일이다.

'빌어먹을……!'

할 수 있는 일이 없다. 이제 재건은 커도 너무 커버렸다. 웅성출판그룹이라는 거대한 힘을 앞세워도 재건이라는 작가 한 사람을 짓누를 방법이 없는 것이다.

명훈은 고통스러웠다.

태어날 때부터 가졌던 재벌가의 힘을 제외하면 무엇 하나 재건보다 나은 것이 없었다.

바로 그때, 라디오에서 나오던 팝송이 끝났다. 차분한 DJ의 목소리가 스피커를 타고 흘러나오기 시작했다.

[오프라 나이틀리를 모르시는 분은 거의 안 계실 겁니다. 20년이 넘는 세월을 토크쇼의 여왕으로 군림했던 아주 유명한 방송인이죠. 이제는 스스로 오프라 나이틀리 네트워크라는 이름의 케이블 채널을 만들었을 만큼 세계적으로 성공한 흑인 여성입니다.]

흥미를 느낀 명훈이 라디오 볼륨을 살짝 높였다.

오프라 나이틀리의 이름은 그도 당연히 알고 있었다. 지금

보다도 젊었던 시절에는 혼자 힘으로 그녀만큼 성공하겠다고 수없이 각오를 다잡기도 했었다.

[오프라가 방송에서 하는 발언은 그대로 화제가 됩니다. 오프라가 다룬 화제는 사회적 파장을 몰고 오게 된다는 오프라히제이션이라는 신조어가 만들어졌을 정도니까요. 과거 한 작가가 썼던 자기 계발 서적도 오프라가 방송에서 소개한 덕에 세계적인 베스트셀러가 되었죠.]

사거리에서 신호등이 적신호로 바뀌었다. 명훈이 브레이크를 밟고 멈춰선 사이, 고요함 속에서 DJ의 말이 이어졌다.

[이제 애청자 여러분께 본론을 말씀드리려고 합니다. 여러분께서는 하재건이라는 작가를 아시나요? 아마도 저희 아침의 북카페와 함께하시는 여러분이라면 모르실 수가 없겠죠?]

"……?!"

명훈이 일그러진 표정으로 스피커를 쏘아보았다. 오프라 나이틀리로 시작된 이야기가 난데없이 하재건으로 연결되고 있는 것이다.

의문에 대한 답은 금세 나왔다.

[제가 이런 말씀을 드린 이유는요. 오프라가 자신의 SNS에서 하재건 작가를 언급했기 때문입니다. 동양의 어느 작가가 쓴 소설이 작가를 꿈꾸던 한 학생의 목숨을 구했다는 말과 함께요. 벌써 이 글은 리트윗 수가 5,000만 번을 돌파했는데요. 오프라는 조만간 자신의 쇼를 통해 하재건 작가의 소설을 공식적으로…….]

콱!

명훈이 주먹으로 버튼을 때려서 라디오를 꺼버렸다.

오프라 나이틀리의 추천이라니. 도대체 언제까지 재건의 성공을 바라만 보고 있어야 한단 말인가.

그간 잘 참아왔던 분한 눈물이 다 찔끔 새어 나올 정도였다.

'작가로서는 일단 내가 패배했다고 치자……! 하지만 남자로서는 아직 승부 안 났다, 하재건……!'

핸들을 꾹 잡은 채로 명훈은 이를 갈았다.

원하는 것을 손에 넣거나 혹은 죽을 때까지 멈추지 않으리라.

신호가 풀렸고 명훈은 한껏 액셀을 밟았다.

[토크쇼의 여왕 오프라 나이틀리, 총기 사고 당시의 구멍 난 더 브레스 손에 잡고 극찬, '숨 가쁘도록 강렬하며 믿을 수 없으리만치 정교하고 근사한 이야기']

[더 브레스 들고 토크쇼 출연한 소년 마이클, '반드시 작가가 되어 하재건 만나러 한국 가겠다']

[L.A 타임스에 이어 아마존 베스트셀러까지 무난하게 순위권 진입, '번역서 비중 극히 낮은 미국 출판 시장에서 극히 이례적인 일, 하재건 작가의 전작들도 덩달아 판매고 상승']

한국에도 월요일부터 대문짝만하게 기사가 실렸다. 주요 신문사 1면은 물론이고 모든 인터넷 검색 포털 사이트의 메인 뉴스까지 사정은 다르지 않았다. 하나같이 오프라의 입을 통해 소개된 '더 브레스-드래곤 라이더'였다.

여전히 세계에 영향력을 끼치는 여성 순위 10위권 내를 떠날 줄 모르는 오프라 나이틀리다. 방송의 파급력은 상상 이상이었다.

실시간 시청률은 말할 것도 없었다. 그 이후 유튜브에 올라간 동영상 시청 횟수도 경이적인 수치를 분 단위로 경신하고 있었다.

한번 터진 봇물은 걷잡을 수 없는 기세로 번져 나갔다.

'더 브레스'라는 키워드 하나가 캘리포니아와 뉴욕을 넘어 드넓은 미국 전 지역을 점령하기까지는 오랜 시간이 걸리지 않았다. 집에서 손가락만 까닥여도 간단히 책을 구입할 수 있는 인터넷 시대인 것이다. 오프라가 날개를 붙여준 '더 브레스'는 착륙할 틈이 없었다.

동양의 작은 나라에서 날아든 한 작품을 두고 사방에서 앞다투어 서평이 쏟아지기 시작했다.

[상투적이지 않은 전개로 시종일관 압박한다. 무거운 주제 속에서도 번득이는 장르적 쾌감은 축복 – L.A 타임스]

[선악의 구분이 무의미한 세계, 국가라는 이름의 폭력이 대중을 조종하는 방식, 멱살 잡힌 채 끌려가던 독자는 어둠의 끝에서 희망을 본다 – USA 투데이]

[소중한 것을 지키려면 살아 있어야 함을 아는 기사 에드워드, 모진 풍파를 헤치며 가정을 지켜온 우리 모든 아버지들의 초상 – 산호세 머큐리 뉴스]

[버림받은 기사와 드래곤의 투박한 우정이 미국 전역을 뒤흔들어 놓을 것 – 뉴욕포스트]

어딜 가나 찬사 일색의 평가였다.

오픈하우스 편집자 에이든은 자면서도 웃음을 멈추지 못하는 나날을 만끽하고 있었다.

그간 오래도록 재건과 머리를 맞대고 개작에 심혈을 기울였다. 공들인 보람은 넘쳐 났고 제대로 그 저력을 발휘하고 있었다.

"일이 아주 잘 풀리고 있군."

모니터링을 끝낸 에이든이 두 손을 탁탁 털면서 일어섰다. 그는 허리에 두 손을 얹은 채 짐이 다 빠져 휑해진 편집실을 둘러보았다.

'더 브레스'의 성공으로 출판사도 옮겨가게 됐다. 비좁은 내부를 새삼스레 두 눈에 담고 있자니 감회가 이만저만이 아니었다.

"내 안목이 어때요, 벤. 우리의 한국행은 천국으로 가는 티켓이었어."

"한 번만 더 생색내면 회사 팔고 야반도주할 거야. 감상에 젖는 건 저녁 파티 때로 미루고 우선은 짐부터 챙기라고."

벤이 '끙' 소리를 내며 전신 거울을 들어 올렸다. 맞은편 끝을 잡고 함께 들어주면서 에이든은 말했다.

"부정적인 평가는 어디에도 없었어요."

"나도 다 봤어."

"해리슨 포터만큼 팔릴지도 몰라요."

"한국에 김칫국부터 마시지 말라는 속담이 있던데."

퉁명스러운 척 대꾸하는 벤의 입가에도 웃음이 일었다.

대표로서도 찬사가 줄을 잇는 현 상황이 기쁘지 않을 까닭이 없는 것이다. 두터운 가슴속에는 이미 확신도 서 있었다. '더 브레스'는 오픈하우스 설립 이후 최대의 쾌거가 되리라고.

129장
요것 봐라

찬사 일색의 평가가 미국을 헤집고 있는 시각.

부정적인 견해가 하나둘씩 흘러나오기 시작한 곳은 '더 브레스'의 발원지인 한국이었다.

재건에게도 적은 분명히 존재했다. 잘잘못을 떠나 이해관계에 따라 만들어진 정체불명의 적들은 저마다의 이유로 '더 브레스'를 비난했다. 대부분이 신분을 확인할 수 없는 익명 기반 사이트에 근간을 두고 있었다.

–다 언론 플레이에 불과하지 더 브레스 실제론 망한 듯ㅋ

–하재건 미국인으로 국적 변경하려고 한다는데요. 막 온 가족이 이민 가려고 한다던데, 트루임?

—솔직히 하재건 거품 아님? 작가라는 양반이 할 줄 아는 게 중국이랑 미국이랑 해외시장에 아첨하는 거밖에 없는 듯.

ㄴ선동과 날조를 하더라도 최소한의 팩트는 가져오자. 하재건 소설은커녕 평생 국어 교과서 한 번 안 읽어봤을 쉐리들이 익명으로 입만 살아가지고.

"그래, 신나게들 떠들어 봐라."

댓글들을 읽고 난 연우는 코웃음을 터뜨렸다. 별의별 악성 댓글을 접해왔기 때문인지 이제 이 정도로는 화조차 나지 않는다.

프린터를 통해 출력된 A4 용지가 머리를 내밀고 있었다. 전부 '더 브레스-드래곤 라이더'에 관한 서평이었다.

연우는 스크랩북을 펼쳐 놓고 하나하나 정성껏 가위로 오리면서 혼잣말을 이었다.

"길게 갈 것도 없다. 일주일쯤 지나면 입방정도 못 떨 만큼 더 흥하고 있을 테니까."

그러나 연우의 자신만만한 추측은 틀렸다. 일주일이 아니라 바로 다음 날부터 비난하는 글들이 현저히 줄어들기 시작했다. 오픈하우스 측에서 공식적으로 판매량을 밝힌 시점부터였다.

[오픈하우스 측, '더 브레스-드래곤 라이더 550만 부 돌파했다. 인쇄 속도보다 판매되는 속도가 빨라서 고역']

"여보세요! 네, 에이든! 나 유진이에요! 방금 뉴스 봤는데 세상에, 어떻게 벌써 500만 부를 돌파했어요? 오호호호호!"

-임신해서 그렇게 크게 웃으면 안 됩니다, 유진.

"알았어요, 주의할게요. 그래도 즐거워서 웃는 건 괜찮아요!"

판매량에 가속이 붙으면서 유진은 더더욱 바빠졌다. '더 브레스' 관련으로 날아드는 연락이 기하급수적으로 늘었다. 크게 두 부류로 나누자면 하나는 판권 계약을 하려는 해외 출판사들, 또 하나는 원작의 흥행을 예상하고 발 빠르게 움직이려는 영화사들이었다.

"네, 런던 퀸즈베리요? 안녕하세요, 제가 연락드리려고 했었어요. 네네, 5만 부 계약하시고 싶다고요?"

에이전트로서의 유진이 본격적인 저력을 발휘할 시점이었다. '더 브레스' 판권을 두고 세계를 상대하기 시작한 첫걸음을 뗀 것이다.

유진에게는 영국을 비롯한 유럽 여러 국가의 출판업 현황에 관한 해박한 지식이 있었다. 지식뿐만 아니라 오랜 기간 다져온 인맥과 경험도 출중했다. 명석과 헤어진 뒤 이국땅에서 외로움을 달래려 일에만 집중했던 세월은 짧지 않았다.

아픔은 어느새 기쁨이 되어 톡톡히 빛을 발하고 있었다.

그리고 그날 밤.

“여보세요? 제가 너무 늦게 전화드린 거 아니죠?”

유진의 마지막 통화 상대는 재건이었다. 하루의 소득을 보고하는 그녀의 만면에서 미소가 그치지 않았다.

BIG LIFE

“미래의 1,000만 부 작가님, 어서 오세요.”

앞치마 차림의 수희가 배시시 웃으며 맞았다.

재건은 맛있는 냄새에 코를 킁킁거리며 신발을 벗고 거실로 올라섰다.

“뭐 만들고 있는 거야?”

“미래의 1,000만 부 작가님께서 좋아하시는 갈치조림이요.”

“와, 오늘 생선 먹고 싶었는데 어떻게 알았어?”

“낮에 통화할 때 미래의 1,000만 부 작가님께서 생선 먹고 싶다고 말씀하셨잖아요.”

“듣기 민망하게 계속 그럴래?”

“뭐가 민망하신데요, 미래의 1,000만 부 작가님?”

수희가 모르겠다는 듯 두 눈을 깜박거리며 되물었다.

재건은 그녀의 두 다리를 잡아 어깨 위로 짊어지고 빙빙

돌았다. 행복한 비명과 웃음이 집 안에 울렸다. 지겹게 반복되는 풍경에 리카는 귀 한 번 까닥이지 않았다.

"유진 씨랑 통화했는데 영국 먼저 계약할 거래."

젓가락을 들면서 재건이 입을 열었다.

"우선 5만 부 계약에 선인세 전액 주고. 그다음은 프랑스가 될지 독일이 될지, 아무튼 두 나라 중 하나일 거래."

"너무 잘됐다. 일 정말 잘해주시는 것 같아."

수희가 두 손을 모으고 감격스러운 표정을 했다. 재건은 그녀의 흐트러진 귀밑머리를 넘겨주며 대꾸했다.

"제일 잘해준 사람은 너야. 네가 그 뉴스를 알아봐 줬기 때문에 이렇게까지 뜰 수 있었잖아."

"언제고 이렇게 될 일이었어. 내가 한 건 성공하기까지의 시간을 아주 조금 단축시켜 준 것뿐이야."

수희가 재건의 옆으로 자리를 옮겼다. 젓가락을 들고 손수 생선을 발라주면서 그녀가 말을 이었다.

"더 브레스로 미국 공략하는 와중이라 귀에도 안 들리겠지만 대만에서도 좋은 소식 있어. 오스카의 던전 엄청나게 잘 나가고 있는 거 알아? 매출 1위에서 아직도 내려올 줄을 몰라. 다 내가 현지 가서 기반 제대로 다져둔 덕분인 거 알지?"

"당연히 알지. 뽀뽀할까."

수희는 입술을 내미는 재건의 얼굴을 옆으로 밀어내고 말을 이었다.

"밥 먹다가 이상한 짓 좀 하지 마. 아무튼 남 이사님도 엄청 기뻐하셔. 대만 지사도 완전히 자리 잡힌 모양새고, 열심히 개발 중인 게임의 원작인 더 브레스는 하루가 다르게 뜨고 있고."

재건의 밥그릇에 생선을 옮겨주며 수희는 싱긋 웃었다.

"이제 남은 일은 뭐가 있을까?"

"우리지."

재건이 뜸도 들이지 않고 말을 받았다. 바로 알아듣지 못하고 고개를 갸우뚱하는 수희에게 그는 덧붙였다.

"슬슬 결혼식 준비해야지."

"괜찮겠어……?"

수희가 기쁜 속내를 안으로 누르고 말했다.

"아무리 작가가 글만 쓰면 되는 일이라지만 이제부터 한창 정신없을 텐데. 신경 쓰이는 구석도 많을 거고. 난 정말 괜찮아. 우리 결혼은 기정사실인데 조금 더 미뤄져도 상관없어. 그러니까 네 마음 가는 대로 일정 잡았으면 좋겠어."

"날 위해서 서두르는 거야."

"……?"

수희가 눈으로 물었지만 재건은 굳이 더 말하지 않았다.

대학 시절부터 줄곧 이어져 내려온 감각이다. 수희의 존재 자체가 글을 쓸 수 있는 원동력이었다. 피눈물이 흐르도록 힘들었을 때도 그녀를 생각하면서 쓰고 또 썼다.

"넌 아직도 대학 때처럼 예쁘네."

"뭐래……. 반주로 한잔 마셔놓고 취하셨어요?"

수희가 술잔을 들었다.

재건은 건배를 나누기에 앞서 수희를 끌어안고 폐부 깊숙이 체취를 들이마셨다. 여전히 싱그럽기만 한 그녀의 힘은 지금 이 순간에도 그를 보듬어주고 있었다.

BIG LIFE

"오빠, 서점 잠깐만 들렀다 가요."

"들를 시간이야 되는데 갑자기 서점은 왜? 뭐 필요한 거 있으면 나한테 말하면 되잖아."

"내가 직접 사고 싶어서 그래요. 5분이면 되니까 잠깐만 들러요. 네?"

예슬이 매니저의 양어깨를 주무르며 보챘다.

언젠가 배우가 되면 꼭 한번 해보고 싶었다. 채린처럼 몰래 서점에 잠입해 재건의 책을 구입하고 인증하는 것이다.

'마침 오늘이 더 브레스 출간일이기도 하고.'

오늘은 개정판 '더 브레스'가 한국에 출간되는 날이다. 채린 때처럼 사인회는 아니지만 아침부터 예슬은 이 순간을 벼르고 있었다.

"아, 이제 알았다. 더 브레스 사려고 그러지?"

서점 건물 교차로에서 핸들을 꺾으며 매니저가 물었다. 예슬은 뜨끔해서 창밖으로 시선을 피한 채 입을 다물었다.

"뉴스 보니 사전 예약만 10만 부라더라. 문방위에서는 국익을 위해 하 작가님 창작 활동을 장려해야 한다는 얘기도 나왔대. 하긴, 벌써 미국에서 누적 판매량이 1,000만 부에 가까워지고 있는 마당이니."

예슬은 혼잣말처럼 늘어놓는 매니저의 말을 들으며 웃고 있었다. 재건의 성공이 자기 일처럼 기쁘기만 하니 어찌 웃지 않을 수가 있겠는가.

"다른 얘기 다 떠나서 대통령이 국무회의에서 언급할 정도면 정말 말 다했지. 하재건 같은 작가가 10명, 100명 나와야 된다고. 한국에서 한 사람의 작가가 이 정도까지 성공할 줄 도대체 누가 알았겠어."

"난 알았어요."

"어?"

"난 하 작가님 이렇게 성공할 줄 알고 있었다구요. 그리고 아직 성공이란 단어 사용하기엔 한참 멀었어요. 이제야 시작이니까."

"하여튼…… 하 작가님 얘기만 나오면 유별나."

지하 주차장으로 들어선 차가 멈춰 섰다.

안전벨트를 풀고 내리려는 예슬을 매니저가 눈짓으로 가로막았다.

"또 왜요?"

"항상 물어서 미안하지만, 넌 다 괜찮은 거지?"

"괜찮다고 몇 번을 말해요? 무슨 매니저가 24시간 지켜보면서도 이렇게 걱정이 많대?"

예슬이 미간을 좁히며 짜증스럽게 대꾸했다. 매니저의 질문이 뭘 가리키는지 아는 까닭이다. 노래방 도우미 출신이라는 얘기는 여전히 인터넷 곳곳에 떠돌아다니고 있었다.

"나한텐 네가 제일 중요해. 난 네가 얼마나 열심히 하는지 알아. 마음고생하지 말고 힘들면 언제나 회사에 기대."

"알아요, 안다구요. 정말 아무렇지도 않아요. 오빠 말대로 배우 생활 열심히 잘하고 있잖아요. 나보다 훨씬 심한 꼴 겪은 나연 언니야도 혜화동 나가기 시작했잖아."

예슬이 매니저의 어깨를 찰싹 때렸다.

"난 절대로 안 무너져요. 그렇게 약한 여자 아냐."

"알았으니까 선글라스 쓰고 다녀와. 그리고 여기 모자."

예슬이 위장을 마치고 서점으로 잠입했다. 그러나 재건의 책을 찾기도 전에 팬들에 의해 정체가 들통났고, 10여 분 후에는 기사 하나가 인터넷에 올라왔다.

제목은 '하재건 작가님 책 사러 왔어요♡'였다.

BIG LIFE

"연우야, 점심 안 먹고 어딜 나가?"

"오늘은 약속 있어서요. 가서 먹고 올 테니까 형이랑 누나들이랑 맛있게 드세요. 그럼 다녀옵니다."

작가 사무실을 나서는 연우는 기대 반 의심 반의 복잡한 심경이었다. 블로그를 통해 '판타지움'이라는 이름의 출판사로부터 연락을 받은 것이다.

–환상 문학을 출간하는 브랜드의 일원으로서 이연우 작가님을 꼭 한번 뵙고 싶습니다. 언제든지 연락 주시면 감사하겠습니다.

'내 무슨 글을 좋게 보고 덥석 만나자고 연락을 해온 거지? 이거 역시…… 나도 이제 제법 작가로서 인지도가 오른 건가?'

히죽거리며 혼자 생각하다가 전봇대에 머릴 부딪힐 뻔했

다. 연우는 키득거리며 지나가는 여고생들 뒤에서 머쓱하게 뒷머리를 긁적였다. 다시금 걸음을 옮기다 보니 머리가 차분해지는 느낌이었다.

'아무리 생각해도 말이 안 돼. 지금까지 낸 소설 중에 제대로 팔린 건 하나도 없고. 실력은 한참 부족한데.'

아무튼 출판사의 편집자와 만나 글에 관한 이야기를 나누는 건 작가로서의 성장에 보탬이 되리라.

연우가 제안에 응한 것도 이런 이유에 따른 것이다. 더불어 '판타지움'은 유명 대기업의 산하에 만들어진 브랜드이기에 신뢰성도 충분했다.

'여기 맞지?'

카페에 도착한 연우가 자동문을 지나 안으로 들어섰다. 홀 가운데에서 두리번거리고 있자니 구석진 자리의 한 남자가 일어섰다.

"이연우 작가님이신가요?"

"아, 네. 오명훈 편집장님?"

연우가 쭈뼛거리며 인사를 건넸다. 명훈은 티끌 하나 없는 미소로 그를 반기며 자리에 앉기를 권했다.

"집필하시느라 바쁘셨을 텐데 이렇게 시간 내주셔서 무척 감사드립니다."

"아닙니다, 아닙니다. 웅성 같은 곳에서 저처럼 아무것도 없는 글쟁이를 알아봐 주시고 이렇게 찾아주신 것만으로도 저는 영광스러운데요, 하하하."

두 손을 내저으며 웃는 연우는 감정을 주체하지 못하는 모습이었다.

명훈은 따라오려는 연우를 만류하고 직접 커피까지 두 잔을 주문한 뒤 돌아왔다.

"그러고 보니 이연우 작가님, 아직 식사도 안 하셨죠? 이야기 간단히 하고 나서 자리 옮기시죠."

"괜찮습니다. 항상 밥을 잘 먹어서요. 요즘 다이어트도 하고 있고요. 예전에는 운동을 곧잘 했는데 요즘은 앉아서 글만 쓰다 보니 뱃살이 꽤 많이 나왔더라고요."

불필요한 말까지 줄줄이 흘러나온다. 말하는 연우 스스로도 그 점을 인지하고 있었다. 상대가 국내 최고의 출판그룹인 웅성의 계열사이기 때문일까. 학생 시절 친구들과의 여행하루 전처럼 가슴이 한없이 들떴다.

잠시 후, 명훈이 커피를 들고 돌아와 앉았다. 자기 몫의 커피 잔을 가슴 앞으로 끌어당기며 연우는 말했다.

"그러고 보니, 편집장님."

"네, 작가님. 말씀하세요."

"긴가민가했었는데…… 이제야 생각이 났네요."

명훈이 무슨 말이냐는 듯이 두 눈을 살며시 치켜떴다.

연우는 탁자 끝을 손가락으로 또드락거리며 머쓱하게 대답했다.

"재건이 형 바다가 있었다 미국 출판될 때요."

"아아, 네……."

"그때 토막 뉴스 짤막하게 나왔던 거 읽은 기억이 났습니다. 편집장님 맞으시죠?"

"그렇습니다."

명훈은 담담하게 웃으며 바로 인정했다. 애초에 전부 개방할 각오로 이 자리에 왔다. 조만간 재건과 수희는 결혼을 하게 된다. 뭘 어떻게 하려고 해도 할 시간이 없는 것이다. 길은 하나고 돌아갈 방법은 없으니 모조리 직격으로 깨부수며 전진할 수밖에.

'이놈은 나랑 그 자식 사이를 어디까지 알고 있을까?'

가면에 숨겨진 명훈의 또 다른 자아는 빠듯하게 머리를 굴리고 있었다. '재건이 형'이라고 부르는 걸 보면 데면데면한 사이는 아닐 터.

명훈이 세상에서 가장 증오하는 사람이 재건이다. 그렇기에 오히려 그의 습성을 꽤나 잘 알고 있었다.

필요한 말만 한다. 관계없는 사람의 험담은 늘어놓는 법이 없다. 항상 말을 아끼고 여러 번 생각한 후에야 생각을 밝힌다.

명훈이 아는 재건의 성향은 이러한 것들이었다. 그리고 우습게도 지금 상황에서는 그를 안심시키는 데에 일조하고 있었다.

'거지같은 자식…….'

해맑게 웃는 재건의 얼굴이 떠오르자 명훈은 갑자기 구역질이 치밀었다. 남들은 좋게 여기는 재건의 모든 성격이 그의 눈엔 하나같이 가식으로 비쳤다. 사회라는 틀 안에서 스스로를 보전하려는 무능력자의 얄팍한 처세술 아닌가?

명훈이 자기도 모르게 상념에 빠져들고 있을 때.

"저기, 편집장님."

"……아, 네?"

뒤늦게 정신을 차린 명훈이 고개를 치켜들었다.

혹시 의식하지 못한 사이에 재건을 생각하느라 얼굴을 일그러뜨리고 있었던 걸까? 그래서 연우가 이상하게 본 걸까?

하지만 이어지는 연우의 말은 명훈의 예상과 달랐다.

"정말 멋지십니다."

"멋지…… 다고요?"

이건 또 무슨 황당무계한 소리인가.

얼떨떨해하는 명훈 앞에서 연우는 힘차게 고개를 끄덕였다.

"바다가 있었다 미국에서 현지 반응이 좋았었잖아요. 재건이 형 소설이 재미있기는 하지만 그래도 마케팅 덕이 크긴 컸으니까요. 그걸 담당해 주신 분이 오명훈 편집장님 아니었나요? 능력이 참 좋으신 것 같습니다."

"아…… 으음, 네…… 아니, 저는 뭐."

"제가 재건이 형 워낙 팬이라서요. 정확히 말씀드리자면 풍천유의 팬이지만요. 그래서 형에 관한 뉴스나 기사 같은 것 중에 눈에 띄는 거 다 출력해서 스크랩북도 만들고 그러거든요."

"그러셨군요."

연우가 두 눈을 치켜뜬 채 뺨을 긁적이며 말을 이었다.

"그러고 보니 당시에 무슨 일이 있었던 건지 보스턴 프로모션은 중단됐었잖아요?"

"그걸 어떻게……?"

"아, 뉴스로 나오거나 그런 건 아닌데요. 보스턴에서도 독자들이 꽤 기다리고 있었나 봐요. 인터넷 검색하다가 실망한 독자들이라느니 하는 교포들 글 올라온 걸 좀 본 기억이 있어서요. 아니, 그냥 별 뜻 없이 여쭤본 거예요. 하하하."

명훈은 안색이 어두워져 시선을 내리깔았다. 수희를 만나러 대만으로 찾아갔을 때가 떠올라서였다.

당시 재건과 수희의 밀회를 목격하고 정신이 반쯤 나가 버렸다. 일정이 불과 이틀 남은 프로모션을 전면 취소한 것도 화풀이의 일환이었다.

"뭔가 제가 곤란한 질문이라도……?"

"전혀 아닙니다."

명훈이 일시에 활짝 개인 얼굴로 고개를 들었다.

"그때 현지 서점들과의 소통이 잘되지 않아 일정이 꼬였던 것이 생각나서요. 프로모션이 고작 이틀 남은 시점이었다지만 그래도 더 잘할 수 있었을 텐데 하는 아쉬움이 남아 있습니다."

"역시……. 우리 재건이 형은 복이 참 많으신 것 같아요. 편집장님처럼 좋은 분이 알아서 일을 도와주시고 그러셨으니."

연우가 소년처럼 웃으며 빨대를 입에 물었다.

명훈은 씁쓸한 척 웃는 한편 속으로는 의미심장하게 고개를 끄덕였다.

'요것 봐라? 생각보다 잘 풀리겠는데?'

재건이 자신에 관해 나쁘게 얘기했을 경우 또한 충분히 염두에 두고 이 자리에 나왔다. 그래서 속을 떠볼 요량도 있었지만 그 단계는 지나쳐도 될 듯했다.

'어차피 놈이 뭐라고 지껄였든 난 자신 있어. 멍청한 놈들은 돈과 칭찬 앞에서 쉽게 무너지지. 게다가 이연우 이놈은 아직까지 재건이 주변에서 가장 제 밥그릇을 못 챙기고 있는 녀석이니까.'

재건의 흠을 찾아낼 눈과 귀가 되어줄 사람이 필요하다. 연우를 목표로 선택한 데에는 블로그도 많은 참고가 되었다. 재건에 관해 상세히 기록된 연우의 블로그를 그간 명훈은 수도 없이 들락날락거렸던 것이다.

바로 그때.

드르륵!

"아, 작가님. 죄송한데 전화 한 통만 하고 돌아오겠습니다."

"신경 쓰지 마시고 다녀오세요."

명훈이 핸드폰을 들고 카페 바깥으로 나섰다. 요즘 그는 연우에게만 접근하고 있는 것이 아니었다.

"어, 정미야. 늦게 받아서 미안."

–안녕, 명훈아. 오랜만이야. 이제 메시지 봤어.

되돌아오는 정미의 목소리에는 기력이 없었다.

동기이자 한때 재건에게 마음을 품었던 정미. 뜻대로 이뤄지지 않자 재건을 비난하는 악성 댓글을 적었고 고소까지 당했던 정미. 재건이 고소 취하를 해준 이후 지금까지 잠잠하게 지내오고 있었다. 그런 정미에게 명훈은 동기로서 처음으로 연락을 한 것이다.

"요즘 어떻게 지내는 거야? 영 소식도 없고 말이지."

–그냥…… 직장 다니면서 잘 살고 있어.

"조만간 한번 만나서 밥이나 먹을까? 얼굴 본 지도 오래됐고 보고 싶네."

—으음…….

지은 죄가 있는 까닭에 말끝을 흐리는 정미였다.

명훈은 재촉하지 않고 가만히 기다렸다. 작가로서의 재건을 무너뜨릴 생각은 진즉에 버렸다. 이젠 그러고 싶어도 불가능하다. 자연스레 목적은 재건과 수희를 결별하게 만드는 쪽으로 바뀌었다.

—갑자기 나한테 왜 그래?

"아니, 갑자기라니? 우린 동기고 원래 자주 만났잖아."

—그건 그렇지만…… 나에 대한 소문 알잖아?

"소문이라니? 무슨 소문?"

—진짜, 몰라?

"네가 무슨 말을 하는 건지 모르겠다. 우리 지금 한국어로 대화하고 있는 거 맞지?"

명훈은 능청스럽게 연기를 이어갔다.

잠시 후, 정미가 한숨 소리 끝으로 나직이 수락했다.

—연락해 줘서 고마워. 언제 볼래?

"나야 언제라도 괜찮아. 네가 일정 보고 메시지 줘."

통화를 끝낸 명훈은 다시 카페로 돌아왔다.

핸드폰으로 인터넷을 하고 있던 연우가 고개를 들었고, 명훈은 즉각 본론으로 돌입했다.

"시간 지체해서 죄송했습니다. 이제부터 오늘 작가님을 뵙고자 했던 이유를 말씀드리겠습니다."

"네, 네."

"저희 판타지움에서는 이연우 작가님과 전속 계약을 하고 싶습니다."

"전속 계약이요?"

연우의 두 눈과 양 콧구멍, 그리고 입이 동시에 한껏 확장됐다. 명훈은 놀라움을 금치 못하는 그가 진정될 때까지 기다려 주지 않았다.

"이연우 작가님께서 그간 출간하신 작품들을 빠짐없이 읽었습니다. 그리고 블로그에 올리신 수많은 글도요. 작가님의 글은 투박하면서도 진솔하게 사람의 심금을 울리는 매력이 있습니다."

"제, 제 글이요……?"

예상외의 말이었는지 연우가 믿지 못하겠다는 듯 더듬더듬 되물었다.

웅성출판그룹 계열 브랜드의 편집장으로부터 칭찬을 듣고 있다니. 이렇게 현실감이 없을 수가.

"저는 이연우 작가님의 현재 모습보다 앞으로의 가능성을 보았습니다. 값진 원석은 제대로 가공해 줄 사람이 필요합니다. 제가 그 역할을 해드릴 자신이 있습니다."

"으으음……!"

연우는 쉽사리 대답하지 못하고 침을 꿀꺽 삼켰다. 지금까지 겪어온 출판사는 끽해야 해태미디어나 래프북스 정도다. 재건의 작품 덕분에 래프북스도 규모가 꽤나 커졌지만, 상대는 무려 웅성출판그룹의 자회사인 것이다.

"마, 말씀은 정말 감사합니다. 저 같은 글쟁이를 이렇게까지 좋게 봐주시고, 그러니까 저는……."

연우는 말 한마디를 제대로 잇지 못했다. 이성은 마비되고 감성만 덩그러니 남아 허공에 온몸이 두둥실 뜬 느낌이었다.

"하지만 전속 계약에 대해서는…… 주변 작가 형들의 이야기도 여러 번 들어봤는데 그게 장점만 있는 것이 아닌 것 같아서……."

"전속 계약도 출판사 나름이겠지요?"

연우의 속을 읽은 명훈은 빠르게 말끝을 낚아챘다.

"작가님의 집필을 위해 가능한 한 모든 것을 지원해 드리겠습니다. 진심으로 가능한 한 모든 것을 말입니다."

"……!"

연우가 가빠진 호흡으로 시선을 떨어뜨렸다.

마주 앉은 명훈이 여유롭게 커피 한 모금을 들이마셨다. 사람이란 동물은 참으로 단순하다는 생각이 새삼 들었고, 하마터면 웃음을 터뜨릴 뻔했다.

130장

부당한 삶을 타고났다고

“연우는 저녁 안 먹는대?”

“먹고 들어왔다던데요? 몸살 기운이 있다고 먼저 자겠대요.”

“감기약 한 번 먹는 걸 못 봤는데 저렇게 튼튼한 놈이 갑자기 왜 저래? 그리고 하재건 작가님은 오신다고 하셔놓고 왜 아직도 안 오셔?”

“재건이 형은 오늘 문화부 차관보님 만나게 됐다고 하시더라고요. 더 브레스 관련해서 얘기하실 게 있다고 하시던데.”

현경과 민호의 대화 소리가 문틈을 타고 흘러들었다. 연우는 침대에 누워 머리 위까지 이불을 뒤집어쓰고 있었다. 아프다는 것은 거짓말이었다. 혼자서 조용히 생각을 정리할 시간이 필요했다.

"저는 이연우 작가님의 가능성을 보았습니다."

명훈의 말이 여전히 연우의 귓가에 생생히 맴돌고 있었다. 지금껏 누구에게서도 그토록 극찬을 받아본 적이 없다. 기껏해야 들은 말은 '더 열심히 쓰면 잘할 수 있을 거야'라는 격려 정도였다.

'내가 값진 원석이라니……. 아니, 그럴 리가 없어.'

연우는 스스로의 생각을 부정하듯 고개를 힘차게 좌우로 내저었다. 정말로 자신의 글에 장점이 있었다면 재건은 물론이고 주변 작가들이 먼저 알아봐 주고 인정해 주었을 게 아닌가.

하지만 불과 몇 초 후, 뇌리 반대편에서는 또 다른 생각이 용솟음쳤다.

'아니, 재건이 형이 아무리 대단해도 작가잖아. 편집자랑은 포지션이 다르고. 애초에 작가의 재능과 편집자의 재능은 다르다던데……! 권태원 대표님도 못 알아보신 내 재능을 오명훈 편집장님은 용케 알아봐 주신 건지도 모르잖아!'

연우는 칭찬을 받아들이는 데에 익숙하지 못했다. 자신이 생각하기에도 특별한 재능은 없었다. 타인으로부터 칭찬을 받아본 경험도 당연히 많지 않았다.

그렇게 시간은 하염없이 흘러갔다.

BIG LIFE

"정말 고마워요, 실장님."

슬슬 옷을 갈아입고 쉬려던 명훈은 뜻밖의 수확 앞에서 웃음을 감추지 못했다. 역시 감은 틀리지 않았다. 발끝에서부터 밀려든 쾌감으로 온몸이 벌벌 떨릴 지경이었다.

"둘이 뭔가 있을 거라고 생각은 했었지. 하지만 이건 정말 상상도 못 했네."

손안의 사진을 들여다보며 명훈은 믿지 못하겠다는 듯이 뇌까리고 있었다.

"설마 원 플러스 원 행사를 할 줄이야. 예상도 못 했던 덤이 제값 주고 산 상품보다 몇 배는 좋네. 안 그래요, 실장님? 이거 하나로 끝이야. 아무튼 정말 고생 많았어요."

"그런데 작은 도련님, 굳이 이렇게까지……."

실장이 근심을 감추지 못한 얼굴로 조심스레 입을 열었다. 그는 명훈의 은밀한 행보에 거의 모두 동참했다. 표적이 재건이라는 사실도 바보가 아닌 이상 당연히 인지하고 있었다.

"실장님은 그만 돌아가서 쉬세요. 아니, 한 사흘 휴가라도 다녀오세요. 입단속만 잘 하시고."

"작은 도련님, 전 솔직히 걱정됩니다."

평소 말이 없기로 유명한 실장이 물러서지 않고 덧붙였다.

명훈의 표정이 웃는 그대로 눈매만 한없이 싸늘해졌다.

"오늘 왜 이렇게 말씀이 기세요?"

"실례를 무릅쓰고 말씀드리는 겁니다. 저는 도련님이 중학생이셨을 때부터 옆에 있었습니다. 도련님이 행복하셨으면 하는 것이 제 유일한 바람입니다."

"행복해지려고 이러고 있는데요."

"도련님…… 이제 그만두십시오."

실장이 간청하듯 허리를 90도로 깊이 숙였다. 어안이 벙벙해진 명훈 앞에서 그는 간곡히 말을 이었다.

"속상하시더라도 잊어버리십시오. 도련님은 탁월한 재능을 지닌 분이십니다. 도련님께서 뻗어 나가실 길은 얼마든지 널려 있는 세상입니다."

"하하하……."

별안간 명훈이 헛웃음을 나직이 터뜨렸다. 시선은 열린 창밖의 도심을 내려다보고 있었다.

"실장님은 하나도 모르시네."

"도련님……?"

"사람의 악의라는 거요. 그렇게 간단히 잊어버릴 수 있는 종류의 감정인 줄 알아요?”

으르렁거리는 명훈에게 실장은 더 이상 대꾸하지 못했다. 한마디만 더 했다가는 방 안의 집기가 전부 박살이 날 테니까. 병원에서 진단한 명훈의 분노조절장애 증세는 완치되지 않았다.

“휴가 가기 전에 홍예슬한테 연락이나 해놓으세요.”

“도련님…….”

“말 끝났으니 가시구요.”

말을 마친 명훈이 방문을 벌컥 열었다. 실장은 물에 젖은 솜처럼 무거워진 몸으로 힘겹게 문턱을 넘어섰다.

BIG LIFE

타다다닥! 타닥!

타다닥!

오늘도 사무실은 이른 아침부터 타자 소리로 시끄러웠다. 각자의 자리에 앉아 부지런히 자신의 글을 쓰는 작가들 사이엔 재건도 섞여 있었다.

“오늘은 왜 우리랑 같이 쓰시는 거죠?”

봉이가 옆자리의 현경에게 귀엣말로 물었다. 보통 재건은 사무실에 출근해도 방에서 홀로 집필하는 경우가 많았다.

현경이 재건 쪽을 힐끔 돌아보고는 속삭이듯 답했다.

"아까 여쭤보니 좀 우울하다고 하시더라고요."

"우울하다고요? 왜요? 뭐 안 좋은 일 있으세요?"

"그런 건 아니고요. 지금 재건이 형 쓰시는 글 내용이 많이 어두운 것 같아요."

재건은 두 사람이 자기에 대해 대화하는 줄도 모르고 글에만 열심이었다.

현경의 말은 틀리지 않았다. 방에 홀로 틀어박혀서 '사람의 악의'를 쓰다 보니 정신적으로 피폐해지는 느낌이 갈수록 심하게 들었던 것이다.

'분명히 그 어르신도 작가였어.'

재건은 부지런히 글을 쓰는 한편 두 차례 만났던 노인의 얼굴을 떠올리고 있었다.

노인이 툭 던져 준 감상 덕분일까. 그 이후로 '사람의 악의'는 더욱 세밀한 얼개를 갖춰가고 있었다.

'언제 또 만날 수 있을까.'

잠시 화장실에 다녀온다고 해서 믿었던 것이 실수였다. 사라진 노인은 끝내 카페로 돌아오지 않았으니까. 그래도 재건은 어쩐지 마음이 편했다. 근거는 없지만 조만간 또 집 근처 어딘가에서 마주치게 될 것 같은 기분이 들었다.

'잠깐 쉴까.'

재건이 쓰던 문장을 마무리한 후 마침표를 찍으며 일어섰다. 기지개를 켜며 옆을 돌아보니 병든 닭처럼 꾸벅꾸벅 졸고 있는 연우가 보였다.

"왜 이렇게 비실비실해? 잠 못 잤어?"

"어어……!"

어깨를 툭 치자 연우가 놀라서 고개를 치켜들었다.

재건은 피식 웃으며 그의 양어깨를 주물러 주었다.

"괜찮아요, 형."

"어깨 많이 뭉친 것 같다. 나와. 커피나 한잔하자."

재건과 연우는 커피 잔을 하나씩 들고 주방 식탁에 마주 앉았다. 차가운 커피를 한 모금 마시고 난 재건이 물었다.

"무슨 일 있는 거야?"

"일은요. 그냥 잠을 조금 설쳤어요."

"어디 아픈 건 아니고?"

"제가 사무실에서 제일 튼튼한 사람인데요."

연우가 웃으며 대꾸하고는 진동하는 핸드폰을 꺼내 들었다. 한 통의 메시지가 도착한 참이었다.

"……!"

발신인의 이름을 본 연우는 재건이 앞에 있다는 사실마저 잊고 입을 떡하니 벌렸다.

-오명훈입니다. 실례가 될까 염려되어 어제 말씀드리지 못했던 부분이 있습니다. 말씀드렸다시피 블로그를 읽었고 본의 아니게 이연우 작가님의 사정을 얼마간 알게 되었습니다. 전속 계약 기간 동안 어머님을 모시고 함께 서울에서 기거하실 수 있는 오피스텔을 마련해 드릴 수 있습니다. 망설이지 마시고 말씀 주십시오. 기다리고 있겠습니다.

'맙소사……!'

핸드폰을 꾹 잡은 손이 부들부들 떨렸다. 이건 인정받고 있는 거다. 그렇지 않고서야 어머니와 둘이 지낼 수 있는 오피스텔을 마련해 줄 까닭이 없지 않은가. 그것도 지방도 아닌 서울 한복판에.

뜬눈으로 밤을 새우며 가까스로 가라앉혔던 흥분이 다시금 연우의 온몸을 휘감았다. 작가로서 장밋빛의 화려한 미래가 눈앞에 펼쳐지는 듯했다.

"왜 그래?"

"아…… 아무것도 아니에요."

"아무것도 아니긴. 집에서 연락 온 거야?"

"아니요. 그냥 친구 한 명이 생일이었다는 걸 깜박했어요. 미안해서요. 다음에 만나서 밥이나 사줘야죠. 하하하."

연우는 천연덕스럽게 웃고는 입을 다물었다. 재건에게 거짓말을 하려던 의도는 아니었다. 기대가 크면 실망도 크기 쉽다. 또렷한 실적이 나오기 전까지는 말을 아낄 생각이었다.

'확정이 된 뒤에 자랑해도 늦지 않아. 재건이 형 엄청 놀라시겠지?'

재건을 포함해 사무실 작가들이 감탄하는 모습을 상상하자 연우는 또 키득키득 웃음이 나왔다.

재건은 뒤로 살짝 몸을 빼면서 그를 기이한 눈초리로 쳐다보았다.

"너 오늘따라 진짜 이상하다. 표정 변화가 왜 이리 극단적이야?"

"아니요, 방금 얘기한 그 친구가 좀 웃겨요. 그래서 예전 일 생각나서…… 아, 그것보다 재건이 형."

연우가 화제를 전환할 겸 궁금했던 것을 불쑥 물었다.

"어제 문화부 차관보님 만나셨다면서요? 더 브레스에 대해서 뭐 말씀하신 거예요?"

"그랬지. 이걸 어떻게 설명해야 하나."

재건이 뺨을 긁적이며 한숨을 내쉬고는 말을 이었다.

"사람의 악의 쓰지 말래."

"네? 왜요?"

놀란 연우가 의자에서 엉덩이를 뗐다.

"저야 너무 글이 우울해서 다른 거 쓰시면 안 되냐고 반대한 거지만요. 뜬금없이 문화부 차관보님이 왜 사람의 악의를 쓰지 말라시는 건데요?"

"농담한 거야. 실은 그렇게 말씀하시진 않았어. 그냥 더 브레스에 집중했으면 좋겠다고 하시더라."

"더 브레스는 이미 다 쓰셨잖아요?"

"2부."

"2부요?"

재건이 남은 커피를 한 번에 들이마시고는 고개를 끄덕였다.

"에드워드와 드래곤으로 아직도 할 수 있는 얘기가 많지 않겠냐면서 2부도 써줬으면 좋겠다고 하셨어. 나 정말 놀랐다. 차관보님 더 브레스 전부 읽으셨더라. 읽은 사람만 할 수 있는 좋은 의견 많이 주셨어."

"대박!"

연우가 벌떡 일어나 박수를 쳐 댔다. 주방의 경계를 넘은 소리를 작가들이 듣고 눈길을 보내왔다.

"한국의 대작가 풍천유! 문화부 차관보의 간곡한 설득에 못 이겨 국익을 위해 더 브레스 2부 집필 시작하다! 다음 뉴스 제목 이렇게 나가는 건가요?"

"호들갑 떨지 말고 앉아. 여기 우리만 있어?"

"아, 형 진짜 멋있어요. 세상에, 문화부 차관보씩이나 되는 분이 직접 찾아와서 소설을 써달라고 간곡하게 부탁까지 하게 만들다니. 진짜 대박이에요."

"차관보님이 찾아오신 거 아니고 내가 찾아갔어. 그리고 간곡하게 부탁하신 것도 아니고 권유 정도였고. 이제 그만 목소리 좀 줄여."

말을 마친 재건이 주방을 나섰다. 자리로 돌아가려던 중에 주머니의 핸드폰이 울렸다. 예슬로부터 날아든 메시지였다.

-오빠야, 더 브레스 개정판 2권까지 다 읽었어요! 너무 재밌어서 일정 펑크낼 뻔! 한번 가지고 갈 테니까 사인해 주세요! 사인 받는 값으로 맛있는 밥 쏠게요! 오빠 이제 결혼하면 만나지도 못하게 될 텐데! 알았죠? 흥칫뿡!

생기발랄한 예슬의 표정이 눈앞에 그려지는 듯했다. 재건은 입가에 미소를 머금고 그 자리에서 답장을 적었다.

BIG LIFE

"답장 빨라!"

예슬은 뒤로 벌러덩 누워서는 두 다리를 허공에 내저으며 기뻐했다. 재건의 메시지를 확인하려는 순간 모르는 번호로부터 전화가 걸려왔다.

"누구지?"

연예인이 되고 나서도 쭉 사용하고 있는 개인 핸드폰이다. 친한 몇 사람을 제외하고는 번호를 알려주지 않았다. 고개를 갸웃거리면서도 예슬은 일단 전화를 받았다.

"여보세요?"

–홍예슬 씨 되십니까?

정체 모를 사내의 서늘한 목소리가 날아들었다. 예슬은 경계심이 바짝 돋아난 표정으로 핸드폰을 꼭 잡았다.

"누구…… 신지……?"

–맞는 것 같군요. 우선 대화하기 전에 잠시 핸드폰으로 뭘 좀 보내드리겠습니다.

전파 저편에서 부스럭거리는 기척이 일었다. 영문을 모르는 예슬은 잠시 멍해 있다가 입술을 깨물었다.

"장난 전화 하지 마세요. 끊을게요."

–장난 전화가 아닙니다. 거, 급하시긴. 아, 이제 보냈습니다.

"보내긴 뭘 보……."

따지는 도중 귓가에서 핸드폰이 울렸다. 상대의 말마따나 무엇인가가 날아온 것이다.

'대체 뭘 보냈다는 거야?'

예슬은 짜증이 나는 한편 막연한 두려움을 느끼며 핸드폰을 귓가에서 끌어내렸다. 바로 직후, 그녀는 두 눈을 찢어져라 부릅떠야만 했다.

"이, 이게 대체……?"

위아래 이가 딱딱 맞부딪치는 것을 멈출 수 없었다. 뒤이어 한겨울의 거리에 알몸으로 내던져진 사람처럼 온몸이 바들바들 떨려오기 시작했다.

상대가 보내온 것은 사진이었다. 노래방 도우미로 일하던 시절의 예슬을 담고 있었다.

"어, 어떻게…… 어떻게……."

예슬은 상대와 통화가 연결된 상태란 사실마저 망각하고 홀린 것처럼 중얼거렸다. CCTV에서 추출한 듯한 사진은 하나같이 흐릿했다. 하지만 예슬의 얼굴을 알아보는 데엔 무리가 없었다.

한없이 진한 화장과 야한 옷차림. 사진 속 과거의 자신은 취한 손님을 부축해 노래방 복도를 걷고 있었다. 언뜻 보면 팔짱을 낀 것처럼 보이기도 했다.

사진은 한 장이 아니었다. 노래방 복도 혹은 건물 출입구 등등 여러 군데에서 과거의 자신이 포착되고 있었다.

예슬은 미친 듯이 사진을 넘겼다. 그런 끝에 또 한 번 소스라치게 놀라 몸속으로 숨을 훅 들이마셨다.

'재건 오빠……?!'

재건과 함께한 사진들이 속속들이 나타나고 있었다. 그중 한 장은 술집이 배경이었다. 예슬이 재건에게 두 다리를 얹고 있는 모습은 누가 봐도 연인 관계로 오해하기 적절한 모양새였다.

–대략 확인은 끝내셨을 것 같습니다만?

남자의 낮은 음성이 침묵을 가르고 날아들었다.

예슬은 거친 숨을 몰아쉬며 핸드폰을 귓가로 되돌렸다.

“다, 당신 누구예요?”

–제가 누구인지가 지금 중요합니까?

“지금 이거 범죄인 거 알아? 무슨 생각하는지는 모르겠지만 이거 협박이야. 당장 경찰에 연락할 거라구!”

예슬이 벌떡 일어서며 소리쳤다. 그러나 되돌아오는 것은 조롱을 가득 담은 웃음소리뿐이었다.

–그러실 수 있을까요. 여기 나온 사진들이 세상에 공개되면 우리 홍예슬 씨 타격이 꽤 클 텐데요.

“……!”

예슬은 말문이 막혔다. 앞으로는 아무리 힘든 일이 있더라도 연기할 때를 빼고는 울지 않으리라 다짐했건만. 질끈 감은 두 눈에서 뜨거운 눈물이 주르륵 새어 나왔다.

“워, 원하는 게…… 뭐예요?”

기력이 바닥난 몸이 소파 위로 다시 무너져 내렸다.

커튼 틈으로나마 집 안을 비추던 한 줄기 햇빛이 구름 너머로 삼켜지고 있었다.

BIG LIFE

"감정을 제어하지 못하는 증세가 눈에 띄게 심해지고 있습니다. 환자에 대한 이야기를 이렇게 다른 분께 하는 건 원칙적으로 불가하나 실장님이시니...... 합병증도 걱정되고요. 환자에게 무슨 일 있는 겁니까? 최근 들어서는 약도 제대로 복용하지 않는 것 같아서요."

"휴우."

병원을 나서면서 강 실장은 깊은 한숨을 내쉬었다. 명훈이 지닌 마음의 병은 나날이 깊어만 가고 있는 것이다.

'어디서부터 어떻게 해결해야 할지.'

어릴 때부터 명훈은 심복인 실장에게 곧잘 말하곤 했었다. 자신은 부당한 삶을 타고났다고. 그것을 생각하면 세상 모두를 향한 증오와 분노가 솟구쳐서 견딜 수가 없게 된다고.

'이러다가 일상생활에까지 지장이 생기면...... 아니, 이미 생겼을지도 모르는 일이지.'

강 실장은 무거운 한숨을 내쉬며 주차장으로 돌아왔다. 운전석에 올라타서 시동을 걸었지만 도저히 핸들을 잡을 마음이 나지 않았다. 심경이 복잡하기 짝이 없어서 사고를 낼 것 같았다.

'작은 도련님을 말려줄 사람이 필요해…….'

강 실장은 오랜 세월 어둠 속에서 명훈을 도왔다. 법에 어긋나는 일도 여러 번이었다. 어쨌거나 매번 명훈이 원하는 것을 손에 넣을 수 있도록 최선을 다했다.

하지만…….

아무리 생각해도 더 이상은 아니었다. 이번 일이 성공적으로 마무리된다고 해도 명훈은 만족하지 못하리라. 또 다른 증오의 대상을 찾아 미친 듯이 이를 갈 것이 분명했다.

바로 그때.

드르륵!

울리는 핸드폰을 꺼내 든 강 실장은 몸을 흠칫 떨었다. 자신이 속한 사회에서 가장 높은 왕좌에 앉아 있는 사람, 태진으로부터 걸려온 전화였다.

"안녕하십니까, 회장님! 강태규입니다!"

―고생이 많네. 내가 뭐 좀 물어볼 것이 있어서 전화했어.

"네, 회장님. 말씀하십시오.

강 실장이 귀를 바짝 기울였다. 평소 명훈의 수족을 보살피는 자신에게 태진이 전화를 걸어오는 법은 거의 없었던 것이다.

-요즘 명훈이 무슨 일 있나?

"자, 작은 도련님이요?"

-표정이 어딘가 굳어 있어. 시선도 둘 곳을 모르고 이리저리 움직이는 게 영 수상해. 물어봐도 아무 일 없다고만 하고.

"……!"

강 실장은 신음이 흘러나올 뻔한 입을 가까스로 틀어막았다. 역시 아버지는 아버지라는 생각을 속으로 삼키면서.

-난 알아. 명훈이 놈이 그런 모습을 할 때면 얼마 못 가 꼭 사고가 하나씩 터지곤 했으니까. 그래서 전화한 거야. 자네는 뭔가 짚이는 거 없나?

"회, 회장님. 그게……."

-뭔가? 말해보게.

강 실장은 대답에 앞서 백미러를 통해 자기 얼굴을 바라보았다.

이것은 배신일까? 아니면 올곧은 일일까?

하늘같은 회장님을 기다리게 할 수는 없었기에 답은 금세 나왔다.

"사실 회장님께 긴히 드릴 말씀이 있습니다."

131장

너만 없었으면 돼

“날 만나자고 한 이유가 따로 있었구나?”

“어……?”

명훈이 뜨끔한 속내를 감추고 시선을 맞췄다. 맞은편에 앉은 정미는 입맛을 잃은 표정으로 포크를 내려놓고 있었다.

“그렇잖아. 계속 재건이랑 무슨 일 있었는지 그런 거나 묻고 있잖아.”

“아니, 정미야. 나는 그냥 궁금해서…….”

“그것도 떠보듯이. 대체 뭐가 궁금한 거니? 너 재건이랑 사이도 그다지 좋지 않잖아?”

정미의 물음은 순수한 의문에 불과했다. 하지만 그것만으로도 명훈은 또 분노가 왈칵 치미는 것이었다.

'제발 사람행세 하지 말고 말 잘 듣는 기계처럼 하라는 답이나 하라고!'

입 밖으로 내지 못할 고함이 명훈의 가슴 안에서 맴돌았다.

정미가 이렇게 눈치 빠른 여자였던가. 명훈의 기억에 존재하는 정미는 글을 쓰는 일 외에는 어딘가 둔한 인상으로 남아 있었다.

"정미야, 나는 정말 떠보려고 한 것이 아니라 그저……."

변명을 시도하는 참에 주머니에서 핸드폰이 울렸다. 왼쪽 주머니에 들어갔던 명훈의 손이 다시 오른쪽 주머니에서 핸드폰을 꺼내 들었다.

정미가 두 눈을 동그랗게 뜨고 물었다.

"핸드폰 두 개니?"

"회사 업무 때문에 따로 하나 더 쓰는 거야."

명훈이 에둘러 대답하고는 자리에서 일어섰다.

"미안한데 잠시 통화 좀 하고 올게. 급한 전화라서."

"그래, 천천히 다녀와."

명훈이 잰걸음으로 레스토랑을 빠져나왔다. 근처에 누가 없는지 두 눈으로 두리번거리며 그는 전화를 받았다.

"생각보다 빨리 전화하셨네요."

-길게 고민할 일도 아니었거든요.

"……?"

명훈이 두 눈을 게슴츠레 떴다. 첫 통화 때와는 달리 시작부터 상대의 목소리가 야무진 것이다.

–마음대로 하세요.

"무슨 뜻입니까?"

명훈이 주차장의 구석진 곳으로 향하며 물었다. 미리 준비한 것처럼 상대의 말이 줄기차게 이어졌다.

–말 그대로 마음대로 하시라구요. 그쪽이 짐작했던 대로 내가 재건 오빠, 아니, 하 작가님 좋아했던 건 사실이에요. 그래서 더더욱 이런 치졸한 협박에 넘어갈 수 없어요.

"홍예슬 씨……!"

명훈이 어금니를 악물고 으르렁거렸다.

"당신 배우 생활 완전히 그만두고 싶습니까? 이 사진들이 모조리 공개되더라도 상관없다는 겁니까?"

–상관없어요. 사람이 사람을 좋아하는 감정을 이용해서 이런 짓을 벌이다니. 하 작가님이 다른 여자와 결혼하는 건 당연히 속상해요. 그렇다고 두 사람을 결별하게 만들 순 없어요. 그것도 댁처럼 정체도 알 수 없는 찐따 때문에.

"뭐? 지금 찐따…… 라고?!"

–그럼 찐따지 널 뭐라고 생각하니?

상대의 말이 조롱을 머금은 하대로 바뀌었다.

–난 TV에서 말했다시피 우리 엄마 찾으려고 배우된 거

야. 네가 내 과거 까발려 주면 덕분에 훨씬 유명해지겠네. 그럼 우리 엄마가 날 알아볼 확률도 더 늘어나겠지?

"진짜로 공개해 버릴 줄 알아!"

-워워. 진정하세요, 찐따 님. 난 떳떳해. 노래방 도우미 하면서 더러운 짓 같은 거 하지도 않았고. 하 작가님 덕분에 그 생활에서 금세 벗어났어. 내가 할 말은 이게 끝이야. 끊어.

"여, 여보세요? 여보세요? 이런 망할 계집애가!"

명훈이 끊어진 핸드폰을 세차게 내던졌다. 그러고는 발로 마구 짓밟으며 미친 사람처럼 소리쳤다.

"아직 내가 말을 다 끝내지도 않았는데 감히 주제넘게 먼저 전화를 끊어! 내가 이대로 넘어갈 것 같냐고!"

지나가던 행인들이 괴성을 듣고 눈길을 던졌다. 화가 머리끝까지 치민 명훈은 쏟아지는 시선을 의식하지 않고 계속해서 몸부림을 쳤다.

"하아……! 하아……!"

급격하게 숨이 가빠왔다. 명훈은 양 무릎을 두 손으로 짚고 구부정하게 서서 호흡을 가다듬었다. 코끝으로 맺히는 땀방울이 느껴지는 순간, 다른 주머니에 들어 있던 핸드폰이 울렸다. 안 받을 수 없는 태진의 전화였다.

"네, 아버지."

-지금 어디냐.

"잠시 일 때문에 친구 만났어요."

–긴히 해야 할 말이 있으니 집으로 오거라.

명훈의 낯 위로 한 줄기 의문이 스쳤다.

무슨 일로 갑자기 나를 찾으시는 걸까?

전파를 가르고 들려오는 아버지의 목소리는 무미건조해서 감정이 느껴지지 않았다.

–일찍 올 수 있지?

"2시간 정도면 들어갈 수 있을 겁니다. 근데 무슨 일이세요?"

–직접 얼굴 보고 말하고 싶다. 가능하면 더 빨리 들어와라.

"알겠습니다. 그렇게 할게요."

핸드폰을 주머니에 넣고 돌아선 명훈은 몇 걸음 가다 말고 마음을 바꿨다. 다시 정미가 있는 식당으로 돌아갈 필요가 없겠다는 생각이 들어서였다.

'어차피 써먹을 데도 없어. 저런 년에게 뭔가를 기대한 내가 바보지.'

다시 볼 일도 없을 것 같았기에 인사도 생략하기로 했다.

잠시 후, 차 한 대가 건물을 벗어났다. 정미는 불어가는 파스타를 앞에 두고 오지 않는 명훈을 기다리는 중이었다.

철썩!

"어억!"

명훈이 외마디 비명을 지르며 바닥에 나동그라졌다. 솥뚜껑 처럼 큼지막한 태진의 손바닥이 그의 뺨을 후려친 참이었다.

"네가 이렇게까지 무서운 놈일 줄은 몰랐다……!"

"아, 아버지……!"

"오죽했으면 강 실장이 모든 걸 각오하고 내게 털어놓았을 까! 이 정신병자 같은 놈!"

"……!"

"아니, 정신병자 놈! 네가 하는 짓이 범죄라는 걸 자각하 지 못하고 있는 거냐! 내가 너 같은 놈에게 뭘 믿고 회사를 맡기겠냐!"

명훈은 변명하지 못하고 입술을 깨물었다. 이 순간에도 스 멀스멀 피어오르는 감정은 격렬한 배신감과 그에 따른 분노 였다. 믿었던 강 실장으로부터 뒤통수를 제대로 얻어맞았다.

"앞으로 회사 모든 일에서 손 떼."

"아, 아버지?"

"완전히 마음 정했다. 회사는 네 형에게 맡길 거다."

명훈은 기겁해서 허둥거리며 일어섰다.

"그, 그게 무슨 말씀이세요? 저 그동안 일 잘해왔잖아요. 제 업무 능력 좋은 거 아버지도 아시잖아요? 네?"

"네놈에게 느낀 실망감이 이만저만이 아냐!"

태진의 일갈이 다시금 명훈의 말을 잘랐다.

"네가 갈 곳은 회사가 아니라 병원이야! 회사는 꿈도 꾸지 마! 쫓겨나기 싫으면 병원이나 제대로 다녀! 형이 집을 나가고 없으니까 동생이란 놈이 바닥을 모르고 망가져! 에에이!"

태진은 노골적으로 얼굴에 침이라도 뱉어주고 싶다는 표정이었다.

명훈은 턱 밑을 파르르 떨며 고개를 떨어뜨렸다. 자신을 향한 아버지의 경멸스런 시선이 아팠다.

"꼴도 보기 싫으니 내 서재 근처에 얼쩡대지 마!"

그 말을 끝으로 태진이 돌아섰다.

명훈은 두 손으로 제 머리를 뒤헝클었다.

도대체 왜 이 넓은 세상에 내 편 한 사람이 없는 것일까?

풀리지 않는 의문이었다.

BIG LIFE

"왜 찾아온 건지는 모르겠지만 빨리 말해."

"여기서 이러지 말고 어디 카페라도 들어가자."

팔짱을 꿰고 선 수희는 매몰차게 고개를 가로저었다. 다른 누구도 아니고 명훈이다. 카페에 평범하게 마주 앉아 대화를 나눌 대상은 아니었다.

"미안하지만 그럴 시간도 없어, 지금. 여기서 얘기하자."

"정 그렇다면……."

명훈이 말끝을 흐리며 자기 주머니에 손을 넣었다. 그 모습을 힐끗 본 수희의 두 눈이 가늘어졌다.

'왜 이렇게 땀을 흘리지?'

뒤늦게 자세히 본 명훈의 얼굴이 땀으로 범벅이었다. 주차장의 조명 탓일까. 어딘가 몸이 아픈 환자처럼 안색도 푸르뎅뎅해 보였다.

이윽고 명훈이 핸드폰을 꺼내 들었다. 그것을 바로 내밀지는 않고 두 손에 쥔 채로 그는 입을 열었다.

"그 전에 하나만 묻자."

"……?"

"재건이가…… 재건이 어디가 그렇게 좋냐?"

수희의 입이 살며시 벌어졌다. 그것도 잠시, 어이없어하며 그녀가 돌아섰다.

"수희야."

"부르지 마. 되지도 않는 말 하려고 회사까지 찾아온 것 같은데 더 이상 너랑 얘기하고 싶지 않아."

차로 향하는 수희의 걸음이 빨랐다.

명훈은 콧잔등으로 흘러내리는 땀을 훔치고는 다급히 그 뒤를 쫓았다. 그리고 수희의 앞을 가로막았다.

"기다려. 아직 얘기 꺼내지도 않았어."

"그러니까 무슨 얘기?"

"네가 그토록 좋아하는 하재건이 한낱 노래방 도우미였던 여자와 은밀한 사이라는 건 아냐?"

"……뭐?"

수희의 얼굴에 처음으로 놀란 기색이 어렸다.

그 표정을 본 명훈은 슬그머니 치밀어 오르는 쾌감에 아랫배가 울렸다.

"그게 무슨 헛소리야?"

"헛소리인지 아닌지는 이 사진을 보고 직접 판단하든가."

명훈이 핸드폰을 내밀었다. 수희는 망설인 끝에 그것을 받아 들었다. 액정 위에는 이미 사진이 떠올라 있었다.

"딱 봐도 재건이 얼굴인지는 알겠지?"

"……."

"그렇고 그런 사이야. 그 여자는 지금 배우잖아. 이름이 홍예슬이었나? 아주 둘이 찰싹 붙은 게 여간 친한 사이가 아닌 것 같지 않아?"

"……."

수희는 한마디 말도 없이 무표정한 얼굴로 사진을 넘겼다. 하지만 불과 서너 장을 다 보지도 않고 도로 고개를 드는 것이었다.

"그래서?"

"그래서라니?"

"이거 다 옛날 일들이잖아. 나 이때 재건이랑 사귀지도 않았어."

당황한 명훈이 목울대를 울렸다.

수희는 평소처럼 지극히 담담한 어조로 말을 계속했다.

"그리고 이거 나도 아는 얘기야."

"너도 아는 얘기라고?"

"재건이 원래 글쓰기 전에 자료 조사 철저하게 하잖아? 질풍노도 쓰면서 취재하러 다녔던 것도 이미 다 들어서 알고 있어."

"수희야……!"

"네가 무슨 의도로 날 굳이 찾아와서 이런 사진들을 보여주는 건지는 모르겠지만, 아무튼 나 이제 가 봐도 되지?"

수희가 명훈에게 핸드폰을 되돌려 주고는 돌아섰다. 차 문으로 손을 뻗는 그녀의 등 뒤에 대고 명훈이 악을 쓰듯 소리쳤다.

"넌 속고 있는 거야! 재건이 그 겉과 속 다른 놈! 지금도 그 노래방 도우미 하던 애랑 만나고 있을걸? 누가 알아? 지금도 어딘가 한 침대에서 홀라당 벗고 뒹굴고 있을…….”

말이 끝나기도 전에 수희가 몸을 돌려세웠다. 한없이 매서운 표정을 알아본 직후, 명훈의 눈앞에서 불꽃이 튀었다.

철썩!

명훈의 고개가 옆으로 홱 돌아갔다. 땀으로 흥건한 뺨에는 수희의 손바닥 자국이 새빨갛게 생겨나 있었다.

“쓰레기.”

수희의 도톰하고 예쁜 입술에서 혹한에 싸인 한마디 말이 흘러나왔다.

“사람 같지도 않은 쓰레기를 그래도 그간 동기라고 생각하고 대해왔던 내 자신이 부끄럽다. 이제 확실히 알았어. 넌 회생 불가능한 쓰레기란 걸.”

명훈은 바들바들 떨면서 수희에게 맞은 뺨을 한 손으로 꾹 누르고 있었다. 이곳에 오기 전 아버지에게 맞았을 때보다 몇십 배, 아니, 몇백 배는 더 아팠다. 태어난 이래 느낀 가장 큰 아픔이었다.

“때려서 미안해. 듣고 있자니 귀가 썩을 것 같은데 어떻게 멈춰야 할지 다른 방법이 떠오르지 않아서.”

차 문을 열고 운전석에 올라타면서 수희는 마지막으로 덧붙였다.

“고소하고 싶으면 고소해. 다른 일로는 평생 볼 일 없었으면 좋겠다. 재건이랑 결혼할 때도 청첩장 보낼 일은 없을 거야. 이만 갈게."

시동이 걸린 수희의 차가 빠르게 멀어져 갔다. 명훈은 넋이 나간 듯이 서서 작아지는 차의 꽁무니를 바라보고 섰다.

"으으…… 으아아아아아아!"

곧이어 처절한 괴성이 주차장 전역을 울렸다.

이제 완전히 끝났다. 회사 따위보다 몇 배는 더 큰 것을 잃었다. 붉게 물든 두 눈에서는 분개한 눈물이 줄기차게 흘러내렸다.

"하재건……! 하재건 이 개자식아! 그래, 다 가져가라!"

무릎을 꿇듯이 무너진 명훈이 꺼이꺼이 울었다. 그렇게 한참 동안 끝도 없이 눈물을 쏟아냈다.

이윽고 한 방울의 눈물도 남아나지 않게 되었을 때, 이성을 잃은 명훈의 두 눈에는 다시금 한 가닥의 감정이 되돌아왔다. 스스로도 그 감정이 무엇인지 알았다. 살아 있는 이상 절대 지워낼 수 없을 증오를 따라 그는 움직이기 시작했다.

BIG LIFE

"경치 좋지?"

대답을 바라고 한 질문이 아니었다. 명훈은 손에 든 위스키

병 주둥이에 입을 대고는 꿀꺽꿀꺽 마신 끝에 말을 이었다.

"내가 왜 여기로 널 불러냈는지 알아? 저기 보이는 공원 말야. 저기서 1학년 때 어느 날 한혜선 교수님 소설 수업을 했었지. 그날 쓴 소설 장원은 네가 따냈고. 오명훈은 처음으로 패배의 쓴맛을 봤지."

명훈이 자조하듯 웃고는 또 한 모금의 술을 들이마셨다. 그런 다음 상대에게 위스키 병을 흔들어 보이며 말을 이었다.

"킹덤 30년산이야. 면세로 사도 몇십은 줘야 하고. 시중에서 사 마시려면 100만 원은 줘야 하는 비싼 술이지. 네가 정진이 같은 놈들이랑 싸구려 돼지부속집에서 소주병 까던 시절부터 난 수시로 이런 고가의 위스키를 거리낌 없이 마셨지."

"하고 싶은 말이 뭐냐?"

"너도 한잔 마시겠냐고 묻는 거야."

"아니, 술은 됐어."

가느다란 한숨이 두 사람 사이를 가로질렀다.

깊은 밤의 한강 수면은 한없이 새까맸다. 화려하게 늘어진 조명도 두터운 어둠을 걷어내지는 못했다.

"갑자기 왜 날 만나자고 한 거야? 그것도 이런 곳에서."

"너에게 평생 잊지 못할 선물을 주려고."

명훈이 즉각 대답했다. 초점마저 잃어버린 두 눈은 풀린 채로 음험한 미소를 띠고 있었다. 위스키 병을 들지 않은 그의 다른 한 손은 가슴 속의 안주머니로 들어선 참이었다.

"돌팔이 의사를 만났어."

명훈이 안주머니에서 꺼내 든 약병을 내려다보며 말했다.

"긍정적으로 사물을 바라보고, 좋은 것만 생각하고, 약을 꾸준히 먹으면 나을 거라고?"

"그게 무슨 약인데?"

명훈은 듣지 못한 척 혼잣말을 이어갔다.

"꾸준히 먹었지. 의사가 시키는 대로 할 수 있는 모든 걸 다 했어. 그래도 이 엿 같은 상태는 전혀 좋아지질 않아. 뭘 어떻게 해도……."

명훈이 손안의 약병을 부서져라 움켜쥐었다. 그리고 서서히 고개를 들었다. 붉게 물든 두 눈은 증오로 불타오르고 있었다.

"너에 대한 증오가 조금도 사라지질 않는다고……!"

"명훈아!"

재건이 타는 목으로 침을 삼키며 한 걸음 다가섰다. 꼭 그만큼의 간격을 물러서면서 명훈은 고개를 내저었다.

"가까이 오지 마."

"대체 내가 뭘 그렇게 잘못했어? 나도 알고 싶다. 언제부터 왜 이렇게 나를 미워하게 된 거냐?"

"가까이 오지 말라고 했다!"

명훈이 침을 튀기며 버럭 소리쳤다. 재건이 멈춰 서자 그는 손안의 약을 몽땅 입안에 털어 넣고 위스키를 벌컥벌컥 마셨다.

"크으……! 시원하다……!"

젖은 입술에서 침과 술이 뒤섞여 뚝뚝 떨어져 내렸다. 명훈은 비틀거리다 못해 난간에 등을 기대고 구부정히 섰다.

"가까이 오지 말라고……. 나와의 거리를 좁힐 생각하지 말란 말이야. 하, 진짜…… 너만 없었으면 되는데……. 그럼 모든 게 해결될 텐데……."

"……."

착잡해진 재건은 한 손으로 이마를 싸맸다. 고개를 돌린 재건의 두 눈은 명훈이 언급했던 고수부지 저편의 공원을 담고 있었다. 동기들과 함께 소설을 쓰던 당시 풍경이 절로 되살아났다.

장원을 하리라고는 기대조차 하지 않았었다. 혜선은 엄격한 교수였고 동기들은 하나같이 출중한 필력을 가졌다. 누구 한 사람 얕볼 수준이 아니었다. 작가를 꿈꾸며 노력한 모두가 문예창작 학과란 이름으로 모였던 것이니까.

그저 열심히 썼다. 혜선의 지시에 따라 보이는 풍경을 올곧이 담고 기승전결을 갖춘 소설로 뽑아냈다. 퇴고할 시간이 빠듯해서 안타까워했던 감정은 아직까지 기억하고 있었다.

정진과 친해진 계기도 그날부터였다.

"하재건이지? 대체 소설 언제부터 쓴 거냐? 너 진짜 잘 쓰네. 읽어보고 기겁했다. 야, 여기서 이러지 말고 내가 졸라 맛있는 돼지부속집 알거든? 오늘 가서 한잔할래? 아, 내 소개 깜박했다. 난 정진이야, 박정진. 아무튼 여자애들도 부를 거니까 한잔하는 거다? 누구냐고? 수희하고 효진이. 난 몰라도 걔들은 알지? 겁나 예쁘잖아. 안 그러냐? 으흐흐, 같이 마실 생각하니까 벌써부터 뽕 가 죽네."

그날 재건은 정진, 그리고 수희와 효진까지 넷이서 자정이 넘도록 술을 마셨다. 가슴이 저리도록 기쁜 날이었다. 평생의 벗을 얻었고 불확실한 작가로서의 미래에 대항할 용기도 얻었다.

같은 자리, 바로 옆에서 술잔을 나누는 동기들이 그리운 나머지 눈물마저 나올 것 같았던 아련한 밤이었다.

그날의 추억은 지금도 재건의 뇌리와 일기장에 오롯이 남아 있다. 하지만 어디에서도 명훈의 존재만은 찾을 길이 없었다. 지금 이 순간을 빌미로 다시금 옛 기억을 훑어보지만 재건은 끝내 그날의 명훈을 기억해 내지 못했다.

바로 그때, 부스럭거리는 기척이 일었다. 상념에서 깨어난 재건이 고개를 되돌렸을 때, 이미 명훈은 난간 반대편으로 넘어간 후였다.

"오명훈!"

"가까이 오면 뇌버린다!"

"야! 지, 진짜로 위험하다고!"

"오지 말라고!"

명훈이 고래고래 악을 썼다. 난간을 붙잡은 두 손, 그리고 아래쪽을 딛고 선 두 발까지 뒤흔들리고 있었다. 추워서가 아니었다. 막상 난간 반대편으로 넘어오자 술기운이 싹 달아나고 두려움이 밀려들기 시작한 것이다.

"내가…… 내가 평생 잊지 못할 선물 준다고 했지?"

"명훈아……!"

재건의 얼굴이 새하얗게 질려갔다. 명훈은 공포로 위아래 이를 딱딱 맞부딪치면서도 서슬 시퍼런 미소를 잃지 않았다.

"이게 내가 줄 선물이다, 하재건. 난 너 때문에 죽는 거야. 평생 고통받고 자책해라. 넌 아마 그렇게 될 거야. 한심할 정도로 약해빠진 놈이니까. 난 널 알아."

"제발 부탁이다, 명훈아. 침착해라……!"

재건이 양손을 들어 보이며 조심조심 다가섰다.

"우리 차분하게 대화하자. 너와 나 사이에 꼬인 것이 있다면 하나씩 풀자. 나를 미워하는 이유를 하나씩 말해줘. 내가 고칠 수 있는 부분이 있다면 고칠게."

재건은 어떻게든 명훈을 안심시키려 빠르게 말을 이었다. 머릿속이 새하얘져서 할 말이 제대로 떠오르지 않았다. 열 손가락으로 키보드를 두드릴 땐 잘도 떠오르는 수많은 어휘를 재건은 지금 모조리 잊어버렸다.

"어? 명훈아, 그러지 말고 일단 다시 나와라. 내가 갈게, 어? 가까이 갈 테니까 내 손 잡아."

재건이 서서히 손을 뻗었다.

바로 그때, 난간에 걸쳐진 한쪽 발이 미끄러지면서 명훈의 몸이 아래로 쑥 내려갔다.

"으아아아악!"

"명훈아!"

본능적으로 뻗은 명훈의 한 손이 질기게도 난간 아래쪽을 잡았다. 재건은 다급히 무릎을 꿇고 난간 틈 사이로 팔을 집어넣었다.

"꽉 잡아! 내가 잡고 있을 테니까 다른 손 올려! 빨리!"

명훈은 사색이 되어 소리치는 재건을 올려다보며 멍해졌다. 난간에 대롱대롱 매달린 채로 그의 우주가 멈췄다. 시끄러운 경적도, 몸을 훑고 지나가는 바람 소리도 더 이상 들리지 않게 되었다.

"끝끝내 네가 나를 죽이는구나."

"뭐라는 거야, 이 자식아! 손 뻗으라고!"

명훈의 입가에 한 줄기 미소가 일었다. 그는 재건이 시키는 대로 나머지 한 손을 힘겹게 들어 올렸다. 하지만 그 손은 난간을 잡지 않았다. 명훈이 잡은 건 자신의 손을 잡은 재건의 손등이었다.

"네가 살려줬다는 소릴 듣게 된다면 그건…… 백번 천번을 자살해도 모자랄 일일 거다."

"야, 오명훈!"

"이제 더는 만나지 말자."

명훈이 재건의 손을 잡고 우악스럽게 뒤틀었다. 재건은 손가락이 꺾이는 고통을 당해낼 수 없었다. 끝내 재건이 외마디 비명을 지르며 명훈을 놓쳐 버렸다.

"오명훈!"

다시금 뻗은 손은 추락하는 명훈에게 가 닿기엔 한없이 짧았다.

검푸른 강물 위로 낙하하면서도 명훈은 웃었다. 그와 동시에 한 손으로는 재건을 조롱하듯 가운뎃손가락을 들어 올리고 있었다.

풍덩.

어째서인지 재건은 눈물이 났다.

132장

네가 아니면 안 되잖아

"안녕하세요, 린민홍 부장님. 네, 제가 도준이 매니저 우태봉입니다. 네? 지존록 관련으로요? 아하하, 네! 아이고, 요즘 우리 도준이가 워낙 바쁘긴 한데요. 틴센트 픽처스와의 일인데 당연히 시간을 만들어 봐야지요. 아, 건두부 너무 좋으셨다고요? 우리 도준이 중국인 연기도 참 잘하지 않습니까? 하하하! 하하하하하!"

태봉이 그토록 격렬히 출연을 반대했던 '건두부'다. 아직까지도 태봉은 모르고 있었다. 도준의 '건두부' 출연 건이 틴센트 픽처스 대표 마오옌에게 절반의 명분이 되어줄 만큼 지대한 공을 세웠음을.

"알겠습니다, 네! 네! 그렇게 하겠습니다! 제가 다시 연락

드리도록 하겠습니다. 슬슬 더워지는데 건강 유의하시구요!"
전화를 끊자마자 태봉은 그 자리에서 폴짝폴짝 뛰었다.
지존록 시리즈 관련이라면 말 다했다. 두말할 것도 없는 대어 중의 대어다.
"야, 박도준! 다 들었지?"
태봉이 한달음에 거실로 달려와서는 소리치듯 물었다.
도준은 멀거니 TV를 보며 고개를 끄덕였다. 화면에서는 재건이 나오지 않게 된 '영화를 보자'가 방영되고 있었다.
"틴센트 픽처스 쪽에서 움직임이 빨라지는 거 같다."
"재건이가 미국에서 고공행진 하고 있잖아."
리모컨으로 볼륨을 한 칸 낮추며 도준이 대꾸했다.
"영국이랑 프랑스 진출도 성공적이고. 독일에서는 10만 부 계약하고."
"어디서 들었어? 요즘 하 작가님 못 봤잖아?"
"뉴스가 계속 나오고 있잖아."
"아, 그렇지."
"오늘 또 나온 뉴스 보니까 일본 출판사들도 계약 제의해 왔다던데. 일본은 해외 작가 판권 계약에 큰돈 안 쓰기로 유명한데 파격적인 로열티 제시했다고."
거기까지 말하고 난 도준의 얼굴에서 웃음이 사라졌다. 기쁜 소식 뒤로 떠오르는 건 친구의 울적한 근황이었다. 표정을 읽은 태봉이 넌지시 물었다.

"하 작가님 아직도 그대로야?"

"어."

재건이 외부와의 연락을 일체 끊고 집 안에 틀어박힌 지도 벌써 3주가 지났다.

표면적으로 내세운 이유는 신작 집필이었다. 홀로 생각을 정리하고 구상할 시간이 필요하다는 것이 재건의 설명이었다.

하지만 도준은 그 말을 곧이곧대로 믿지 않았다. 재건을 괴롭히는 무엇인가가 존재하고 있다. 한동안 상념에 젖어 있던 도준은 이윽고 태봉을 쳐다보았다.

"틴센트 픽처스에서 미팅하자는 거지?"

"어, 그렇지."

"재건이도 나와야 할 거 아냐."

"그럼, 원작자가 당연히 나와야지. 하 작가님 쪽으로도 벌써 연락이 갔겠지."

"알았어."

재건에게 연락할 좋은 기회다. 소파에서 일어선 도준은 샤워를 하기 위해 욕실로 들어섰다.

'날이 많이 더워졌네…….'

재건이 셔츠의 가슴 쪽을 잡고 펄럭였다. 이제 막 올라선 에스컬레이터는 그를 지하철역 바깥으로 끌어내고 있었다.

수희에게 떠밀려 억지로 하게 된 외출이었다. 서재에서만 글을 쓰면 건강에도 좋지 않으니 하루쯤 바람이라도 쐬라고 간절하게 호소했던 것이다.

내키진 않았으나 사랑하는 여자가 근심하는 것이 싫었기에 집을 나섰다. 목적지는 '더 브레스'를 썼던 카페였다. 멀리 가기도 귀찮았고 딱히 갈 만한 장소가 떠오르지 않았다.

'그러고 보니 오늘 정진이도 쉬는 날이라고 했을 텐데.'

카페로 향하던 도중 정진 생각이 났다. 두문불출한 와중에도 수시로 메시지를 보내왔다. 내색은 안 하지만 꽤나 걱정하고 있을지도 모른다. 그런 생각을 하고 있자니 보고 싶어졌고, 재건은 핸드폰을 꺼내 들었다.

–어, 재건아.

"넌 어떻게 된 게 신호음이 울리기도 전에 받아?"

–놀라서 바로 받았다. 야, 이제…… 괜찮아졌어?

"안 괜찮을 건 뭐 있어. 오늘 쉬는 날이지? 뭐 해?"

–간만에 혼자만의 휴일이라 플스 겁나게 하고 있었지.

너는?

“바람 좀 쐬려고 나왔어. 나올 수 있으면 나올래?”

-그딴 거 묻지 말고 장소나 얘기해, 자식아.

재건은 카페 이름과 대략적인 위치를 알려주고 전화를 끊었다. 그리고 천천히 걸어서 카페에 도착했다.

“안녕하세요, 사장님.”

“어서 오세요, 하재건 작가님. 자주 좀 오시지 왜 이렇게 오랜만에 오셨어요?”

주인이 싱글벙글 웃으며 좋아했다. 그리고 즉석에서 재건 전용 음료인 아이스 아메리카노를 만들기 시작했다.

“더 브레스 엄청납니다. 저 요즘 친구들 만나면 하 작가님이 우리 카페 단골이시라고 엄청 자랑하거든요. 하 작가님을 모르는 애들이 없어요.”

“고맙습니다.”

재건이 힘없이 웃으며 말을 받았다. 실제로 집에 오래 있었던 까닭인지 기력이 그다지 나지 않았다. 눈치가 빠른 카페 주인은 그 표정을 보고 더 이상 말을 걸지 않았다.

타다다닥! 타닥!

타다닥!

전용석에 앉은 재건은 노트북을 펼치고 글을 쓰기 시작했다. 3주 내내 붙잡고 있는 ‘사람의 악의’ 원고였다.

하루 10시간 이상을 꼬박 붙들어도 남는 문장은 얼마 없었다. 서건우의 유품을 모조리 활용해도 나아질 기미는 좀처럼 보이지 않았다.

'쓰지 말까 그냥.'

글을 쓰는 사이 수시로 유혹이 밀려든다.

포기하면 편하지 않을까. 악의 따위의 어두운 감정을 소재로 택한 것 자체가 실수 아닐까.

끊임없이 자문하다 보면 그 끝에 떠오르는 것은 추락하는 명훈의 모습이었다.

악의 그 자체.

지금껏 살아오면서 느껴온 것들 중 단연 최고였다. 재건의 뇌리에서 명훈은 악의의 정점을 찍었다.

'오늘은 그만두자. 정진이도 금방 올 거고.'

재건은 원고를 저장하고 프로그램을 종료시켰다. 그리고 문득 고개를 돌렸을 때, 옆자리에 앉아 있던 사람과 시선이 마주쳤다. 그 노인이었다.

"아! 안녕하세요, 어르신. 언제 오셨어요?"

재건이 반갑게 웃으며 인사를 건넸다. 서건우의 무덤가에서 처음으로 만난 이후 오늘로 세 번째 만남이다. 오늘도 노인은 개량 한복을 입고 있었다.

"전에도 여기서 뵀는데 여기 자주 오시나 봐요?"

"사는 곳 근방이니까 오다가다 들른다고 하지 않았나."

"차라도 한잔하시겠어요?"

"자네 대사는 언제나 앵무새처럼 똑같군. 차는 됐고 거, 글은 왜 더 안 쓰나?"

노인이 눈짓으로 노트북을 가리켜 보였다.

재건은 씁쓸히 웃으며 머뭇거린 끝에 대꾸했다.

"집중이 잘 안 돼서요. 전에 어르신께서 주신 감상 덕분에 한동안은 잘되어 가고 있었는데 요즘 살짝 막혔습니다."

"거봐, 내 말대로지."

노인이 그러면 그렇다는 듯이 코웃음을 쳤다.

"사람의 악의라니, 허구한 날 그딴 걸 생각하면 정신머리가 남아나겠나. 멀쩡한 게 더 이상하지."

"하하하, 그 정도는 아닙니다……."

잠시 침묵이 일었다. 주인이 틀어놓은 조용한 음악이 공기를 타고 흐르는 사이, 노인은 소리 없는 한숨 끝으로 허공을 쳐다보며 말을 이었다.

"내가 그런 글을 쓰면 나 자신을 되돌아보게 될 텐데. 나는 과연 떳떳한가. 타인의 악의에 대해 이렇게 다룰 만큼 자격이 있는 인간인가."

"……?"

"이런 얘길 늘어놓으면서 벌써 생각이 났지. 내게도 커다란 악의가 있었네. 나보다 잘난 인간을 시기하고 질투하고, 그래서 열등감에 못 이겨 그의 가치를 비난하며 깎아내렸지. 그러면서도 겉으로는 항상 내가 더 똑똑한 척, 우위에 있는 척……."

재건은 침을 꼴깍 삼키며 노인을 지그시 바라보았다. 주름이 자글자글한 노인의 두 눈가에는 정체를 알 수 없는 회한이 가득 서려 있었다.

"어르신, 그건 어떤……."

질문하려는 바로 그때.

드드드득.

재건의 핸드폰이 울렸다. 재건이 고개를 조아리며 사과하듯이 말했다.

"죄송해요. 여기서 친구를 만나기로 했는데 다 온 모양입니다."

"아닐세, 나도 이만 가야지."

노인이 끙 소리를 내며 일어섰다. 따라 일어서며 재건이 아쉬움으로 말을 붙였다.

"벌써 가시게요?"

"지나가다 보여서 잠깐 들어왔던 거야. 오늘은 일찍 떠나야지. 본가로 돌아가야 해서.”

“본가요? 본가가 어디신데요?”

“경주.”

노인이 옷매무새를 고치고는 돌아섰다. 재건이 따라붙자 그는 돌아보지도 않고 손을 내저었다.

“오다가다 만나는 맛이 있어야지. 사람 성가시게 이래저래 묻지 말게.”

“어르신…….”

“난 이만 가네. 글은 포기하지 말고 쓰게. 완성되면 다음에 보여줘.”

노인이 기역 자 모퉁이를 돌아 출구 쪽으로 사라졌다. 재건은 차마 더 말을 붙이지 못하고 도로 그 자리에 앉았다.

노인이 남기고 간 말을 곱씹는 사이, 문이 열리고 정진이 카페에 도착했다. 그가 맞은편에 자리를 잡기 직전까지도 재건은 상념에서 벗어나지 못하고 있었다.

“무슨 생각을 그리 골똘하게 하냐?”

“아, 왔어?”

간만에 서로의 얼굴을 바라보며 피식 웃는 두 친구.

무슨 말부터 꺼내야 할까 생각하던 재건은 우선 몸을 일으켰다.

“뭐 마실래?”

"서빙해 주게? 그래, 난 모카라떼."

한 잔의 음료를 다 마실 때까지 두 친구는 거의 말이 없었다. 정진은 입에 문 빨대를 놓지 않았고, 그사이 재건은 다시금 노트북 키보드를 두드렸다.

"뭐 쓰는 거냐?"

정진이 다 마신 컵을 옆으로 밀어내며 물었다. 때맞춰 문장 끝으로 마침표를 찍은 재건이 대답했다.

"악의."

"아, 그거."

정진이 심드렁하게 고개를 끄덕였다. 가장 친한 친구다. 무슨 글을 쓰고 있는지 정도는 당연히 알고 있다.

"최근 오다가다 알게 된 어르신이 한 분 계셔. 본가는 경주라고 하시는데 이 근방에도 거처가 있나 봐. 근데 직업이 작가였던 것 같아."

"그래? 근데 작가도 아니고 작가였던 거 같다니?"

"본인 신상에 관한 얘긴 일절 안 하셔서. 사람의 악의 보시더니 이래저래 감상을 주시더라고. 그래서 내가 혼자 예상만 하고 있는 거야."

"그렇군."

정진이 무성의하게 말을 받았다. 얼굴도 모르는 노인에 대한 이야기는 지금 그의 관심사가 아니었다.

"재건아."

"말해."

"정말 이제 괜찮은 거냐?"

정진은 사건을 알고 있는 몇 안 되는 사람들 중 하나다. 명훈과의 일을 겪고 난 후 긴 시간을 홀로 지내온 친구가 걱정이었다. 애초에 감성적이고 예민한 재건인 것이다.

"괜찮아."

"막상 얼굴 보니 전혀 괜찮지 않아 보여서 하는 소리다."

"그건……."

재건이 말끝을 흐리고 망설였다. 정진은 재촉하지 않았다. 턱을 괴고 시선을 내리깐 채 친구의 생각이 정리되길 기다렸다.

잠시 후.

"그건 사실…… 한 가지 의문이 있어서 그래."

정진이 고개를 들었다. 이번엔 재건이 두 눈을 다른 데로 돌린 채였다.

"사실 너한테도 말하지 않은 게 있어."

"……?"

"안 한 게 아니라 못 했다는 표현이 맞겠다."

"그게 뭔데?"

"명훈이가 떨어질 때."

정진이 자기도 모르게 허리를 꼿꼿이 폈다. 재건은 담담한 어조로 뇌리 한구석에 남은 기억을 늘어놓았다.

"떨어지면서까지 날 보면서 웃더라고."

"명훈이가?"

"한 손으로는 뻑큐까지 날리면서. 죽을 각오로 몸을 던진 사람이 마지막 순간까지 날 보며 그렇게 살기를 내뿜는데."

재건이 노트북 화면에 뜬 미완의 원고로 눈을 돌렸다.

"명훈이의 악의가 뭔지 도대체 모르겠더라. 그래서 글이 막혔어. 내가 괴로운 건 아냐. 난 괜찮아, 걱정하지 마. 그냥, 글이 막혔고 생각이 막혔어. 눈을 감기만 하면 자동으로 명훈이가 떨어지던 순간이 떠올라. 그냥 그게 힘들어."

"이제 끝났고 얽힐 일 없어."

정진이 분개한 얼굴로 단호하게 말했다.

"그냥 원래 그런 놈이었어. 세상에 자기밖에 없는 놈이거든. 그 자식 세계관에선 네가 최종 보스였던 거야. 자기 세계에서 자기가 최고의 강자가 돼야 하는데, 최고의 공주와 결혼하는 영예도 자기 것이 돼야 하는데 너 때문에 실패한 셈이니까."

"게임 기획자 아니랄까 봐 예시도 그렇게 드네."

재건이 농담조로 웃으며 말을 받았다. 그러나 정진은 웃는 대신 자리에서 벌떡 일어섰다.

“나와.”

“어디 가게?”

“밥은 먹어야 할 거 아냐. 식단과 장소는 내가 정한다.”

정진은 말할 틈도 주지 않고 자기 차 조수석에 재건을 태웠다. 내비게이션 설정도 없이 시동 걸린 차가 대로로 섞여 들었다.

“어디 가는 건지쯤은 말해줘도 되는 거 아니냐?”

“가 보면 알아. 오래 안 걸려.”

20분도 채 걸리지 않아 도착한 곳은 한강 시민공원이었다. 주차장에서 내려선 재건은 어안이 벙벙해졌다. 눈앞의 공원은 물론이고 저 멀리 보이는 한강대교도 익숙했다. 얼마 전 명훈이 몸을 던진 곳이니까.

“뭐 먹을래?”

벤치 한곳에 자리를 잡자마자 정진이 대뜸 말했다.

“김밥부터 컵라면, 삶은 계란, 햄버거나 샌드위치까지 다 있으니까 원하는 걸 말해라.”

“너 먹는 거랑 똑같은 걸로 먹을게.”

정진이 성큼성큼 매점으로 향했다. 그리고 잠시 후 본인이 언급했던 모든 음식을 싸들고 돌아왔다.

“야, 이걸 둘이서 어떻게 다 먹어?”

"먹을 수 있어. 도준이도 올 거니까."

"도준이가?"

두 눈이 휘둥그레 변하는 재건 옆에서 정진은 태연하게 김밥 포장을 뜯고 있었다.

"오는 길에 나한테 연락이 왔더라. 너네 집 갔는데 아무도 없다고. 너 지금 상태가 좀 안 좋으니까 나한테 전화한 거야. 그래서 이리로 불렀어. 약속 시간 잘 지키는 도준이니까 10분이면 오겠다."

"……?"

재건의 의문은 더욱 깊어졌다. 진즉부터 정진은 이곳을 밥 먹을 장소로 정했다는 의미가 아닌가.

"여기서 수업 받았던 때 기억하지?"

정진이 주변을 두리번거리며 말을 꺼냈다. 오래전의 추억을 훑으며 그는 웃고 있었다.

"학기 초 한혜선 교수님 소설 수업이었잖아. 동기 전부 여기저기 자리 잡고 단편 썼었지. 네가 1등이었고. 덕분에 난 하재건이라는 놈을 알게 됐지."

"그래, 그날 네가 데려간 술집에서 진탕 마셨지. 수희랑 효진이까지 같이."

"어? 맞다, 그건 내가 잊고 있었네. 야, 이제 보니 너 수희랑 잘된 거 다 내 덕이었잖아. 돈 내놔."

정진이 재건의 목에 팔을 두르고 함께 뒤로 넘어졌다. 하늘로 배를 향한 채 두 친구는 잠시 킬킬거리며 웃었다.

"아무튼 이 얘기 좀 하고 싶어서 오자고 한 거다."

다시금 몸을 추스르며 정진이 말했다.

"항상 조용하고 무슨 생각하는지도 모르겠고. 그러던 네가 덜컥 장원이라니. 솔직히 나는 수희 아니면 명훈이 그 새끼가 받을 줄 알았어. 학기 초부터 워낙 두드러졌으니까."

정진이 다 익은 컵라면을 건네주었다. 뚜껑을 열자 더운 김이 솟구치면서 재건의 메마른 얼굴을 적셔주었다.

"그날 네가 얼마나 빛났는지, 너는 그때 내 마음 모른다. 정말 멋있었고 그 생각은 지금 같이 라면 먹는 지금 이 순간까지 한 점 변함없다."

"술도 안 마셨는데 얘가 왜 이렇게 감성적이지?"

"정말이야, 자식아. 이럴 때 아니면 언제 이런 얘기 해."

정진이 머쓱한 기분을 면해보려는 듯이 괜히 기지개를 켰다. 그러고는 김밥을 한꺼번에 세 개나 입에 넣고 우물거린 끝에 말을 이었다.

"날 생각해서라도 무너지지 마라."

"……."

"막혀도 계속 써라. 명훈이 일 때문에 쓰던 글 포기하지 마라. 포기할 거면 네 스스로 수긍할 수 있는 합당한 다른 이유를 찾아. 네 글을 끝낼 수 있는 건 너 자신뿐이라고."

재건이 젓가락으로 컵라면을 뒤적였다. 목이 메어 면발을 집어 들 용기가 나지 않았다. 정진의 손이 그의 어깨를 다독이고 있었다.

"네가 아니면 안 되잖아, 자식아."

친구의 한마디 위안이 머리부터 발끝을 관통한다.

고개 숙인 재건은 이를 악물고 웃었다. 붉어지는 눈시울을 친구에게 들키기라도 하면 큰일이니까.

하지만 정진은 쳐다보지도 않았으면서 벌써 알아챘다.

"도준이 오기 전에 수습해라. 대작가께서 이렇게 눈물이 많아서야 되겠냐."

"시끄러워."

재건이 젖은 눈을 훔치며 대꾸했다. 음식을 남기는 일을 정말 싫어하지만, 도저히 라면은 먹을 수가 없을 것 같았다. 비좁고 헐떡이는 목젖으로는 눈물을 삼키기에만도 빠듯했다.

바로 그때.

"아씨, 뭐 이런 데서 밥을 먹자는 거야?"

짐짓 화난 목소리가 등 뒤에서 울렸다. 모자에 선글라스까지 착용한 도준이 양손을 주머니에 찔러 넣은 채 걸어오고 있었다.

"나 우주 대스타라고. 이렇게 오픈된 공간에서 밥을 어떻게 먹어? 이제 내 팬 수백 명씩 몰려오면 너희 둘이서 탑 블레이드 어택을 하건 우정의 더블 슛을 하건 길 만들어라."

"우정의 더블 슛이래. 야, 재건아. 도준이 사실 나이 속인 거 아니냐? 실제론 우리 삼촌 연배쯤 되는 거 아냐?"

"너 지금 통키 무시하냐? 세월을 돌파한 명작 오브 개명작인데? 지금도 가끔 술 마시면서 태봉이 형이랑 보는데?"

도준이 정진을 향해 두 눈을 부라렸다. 그 와중에 재건은 끝내 참지 못하고 웃음을 터뜨렸다. 티격태격하는 두 친구를 보는 것만으로도 위로가 된다.

"농담 아니고, 너네 할 얘기 끝났으면 정말 일어나. 분위기 끝내주는 이자카야 하나 찾았어. 가서 낮술로 달리자. 이것들은 싸가서 나중에 먹어도 되잖아."

"우주 대스타가 사는 거지?"

"당연하지. 어차피 나 오늘 재건이한테 아첨해야 돼."

"그건 또 무슨 소리야?"

"틴센트 픽처스 연락 왔다. 거기서 연락 온 거면 뭐겠어? 야, 재건아. 시나리오에서는 주인공 더 멋있게 잘 써줘야 되는 거 알지?"

도준이 재건의 팔을 붙잡아 일으켜 세웠다.

시끌벅적 떠드는 두 친구 사이에서 재건은 스스로를 책망

했다. 좀 더 일찍 친구들을 만났으면 좋았을 것을. 혼자 살아가는 세상이 아닌데.

구름 한 점 없이 파란 하늘 한가운데에서 햇살이 눈부셨다.

133장
전부 품어주겠다

'전에 장봐둔 것들 아직도 한참 남았으니까, 오늘은 찌개 끓이고 삼치 한 마리 구우면 되겠다.'

해가 저물어 가기 시작하는 오후 5시.

조금 일찍 퇴근해서 차에 오른 수희는 마음이 급했다. 서재에 홀로 앉아 글을 쓰고 있을 재건이 걱정되는 까닭이다. 하루라도 빨리 회복되는 모습을 보고 싶어서 그녀는 최선을 다하고 있었다. 코앞에 둔 결혼식은 문제가 아니었다. 무슨 이유가 됐건 고통스러워하는 재건은 보고 싶지 않다.

며칠 전에는 고심 끝에 말한 적도 있었다. 글을 쓰기가 괴로우면 쓰지 말라고. 네 글보다 네가 훨씬 소중하다고.

그때 재건은 대답 대신 쓰게 웃었다.

'주말에는 대청소도 한번 해야 할 텐데. 집이 워낙 넓으니 사람을 쓰는 것도 나쁘지 않을 거야.'

본격적인 퇴근 시간 전이어서 길은 그다지 막히지 않았다. 금세 집에 도착한 수희는 차를 세우고 내려섰다.

'으음?'

차고에서 나와 정원으로 들어섰을 때, 활짝 열려 있는 현관문을 본 수희가 두 눈을 가늘게 떴다. 재건이 이렇게 문을 열어놓을 때가 있었던가.

'뭐지?'

불길한 예감이 엄습해 온다. 수희는 잰걸음으로 정원을 통과했다. 현관문을 지나 거실로 올라서자마자 그녀는 두 눈을 한껏 치켜떴다.

"이게 다 뭐야……?"

"어? 오늘은 일찍 왔네?"

진공청소기를 밀고 있던 재건이 환히 웃으며 반겼다. 온몸이 땀으로 범벅이었다. 적재적소에 놓여 있던 가구들은 전부 한구석으로 밀려 나가 있었다.

"재건아, 너 지금 뭐 하니?"

"보면 몰라? 대청소하잖아. 집이 크니 먼지도 엄청나다. 2층 올라가 있어. 창문 죄다 열어놨는데도 여긴 공기 안 좋아."

재건이 다시금 청소기를 밀기 시작했다. 진땀을 흘리면서도 얼굴에는 상쾌한 미소가 넘친다. 수희는 홀린 듯이 멍하니 서 있다가 이끌리듯 재건에게로 다가갔다.

"왜 이래? 올라가 있으라니까?"

"같이 해."

"아침부터 시작해서 거의 다 끝났어. 넌 샤워하고 옷이나 갈아입어. 오늘 저녁도 내가 해줄 테니까 손가락 하나 까닥이지 마."

재건이 수희를 욕실 쪽으로 밀었다. 그러나 수희는 밀려나지 않았다. 두 발에 힘을 주고 서서는 하염없이 재건을 올려다보았다.

"팀장님께서 왜 이렇게 말을 안 들으실까? 왜 그렇게 쳐다봐?"

"귀여워서."

"뭐?"

수희가 재건을 덥석 끌어안았다. 청소기를 놓친 재건은 지저분한 양손을 허공에 둔 채 허둥거렸다.

"나 지금 최악이야. 땀이랑 먼지 장난 아니라고."

"아니야, 냄새 좋아."

수희가 재건의 뜨거운 가슴에 코를 박았다. 한술 더 떠 폴짝 뛰어서는 두 다리로 허리를 감으며 매달렸다. 재건은 반사적으로 수희의 허벅지를 받쳐 들고 버티어 섰다.

"무거워……!"

"지금 뭐라 그랬어? 아아~ 이제 자기 여자 다 됐으니까 안심하고 막말한다 이거야? 우리 아직 결혼 안 했다?"

수희가 재건의 양 뺨을 우악스럽게 잡아당겼다. 곧바로 재건은 수희를 어깨에 짊어지고 빙글빙글 돌았다.

"꺄악! 하지 마! 잘못했어! 잘못했어요, 작가님!"

"이미 늦었어!"

웃음 섞인 비명이 난장판이 된 거실을 울렸다. 다른 말은 필요하지 않았다. 더 이상 물어볼 것도 없었다. 눈빛만 바라봐도 서로의 마음을 아는 두 사람의 대화였다.

드르륵!

탁자 위에 올려둔 핸드폰이 몸을 떨고 나서야 재건은 수희를 놓아주었다. 가쁜 숨을 헐떡이며 내려다본 액정 위에는 명석의 이름이 떠오르고 있었다.

'편집장님……?'

핸드폰을 집어 든 재건의 얼굴에서 웃음기가 사라졌다. 실로 오랜만에 걸려온 전화였다.

이제 명석이 명훈의 친형이라는 사실을 안다. 동생에게 그런 일이 있었으니 여러모로 집안 분위기가 뒤숭숭했으리라.

그런 생각으로 재건 쪽에서도 연락을 하지 않고 기다리고 있었다.

"뭐 해? 받지 않고?"

수희가 장난을 치느라 흐트러졌던 머리칼을 고치며 물었다. 재건은 한 차례 헛기침을 하고는 핸드폰을 귓가로 가져갔다.

"안녕하세요, 편집장님."

–안녕하셨습니까, 하 선생님. 날이 많이 더워지고 있는데 건강은 괜찮으십니까?

"네, 저는 쌩쌩합니다. 편집장님은요?"

–저도 탈 없이 잘 지내고 있었습니다. 고맙습니다.

두 사람 사이를 오가는 일상적인 대화는 예전과 다르지 않았다. 다만 재건은 문득 명석의 기력이 꽤나 쇠했음을 느꼈을 뿐이다. 가늘어진 목소리가 마치 구멍 난 튜브에서 바람 빠지는 광경을 연상하게 했다.

–좀 더 빨리 연락드리지 못해서 죄송합니다. 정말로…… 그간 경황이 없었습니다.

"아닙니다, 편집장님. 그런 말씀 마세요."

무슨 일인지 아는 만큼 재건의 가슴도 먹먹해졌다. 명석을 휘감은 음울함이 전파를 타고 자신에게까지 흘러드는 기분이었다. 그래서 잠깐의 정적조차 싫었다.

"맛있는 거 사주세요, 편집장님."

재건이 일부러 밝게 낸 목소리로 말을 이었다.

“예전에 대표님과 편집장님과 함께 갔던 복어집이요. 거기 음식 맛이 정말 최고였는데 또 가고 싶습니다. 편집장님 덕분에 알게 된 식당이니 같이 가고 싶어요.”

—하하하…… 네, 선생님. 알겠습니다. 안 그래도 제 쪽에서 선생님을 뵙고 싶어 연락을 드린 참이었어요. 긴히 드려야 할 말씀도 있고요.

“저도 마찬가집니다. 편집장님께 꼭 말씀드리고 싶은 게 있어요.”

—저에게요? 무슨 일이십니까?

“통화로는 조금 그렇고 뵙고 나서 말씀드릴게요.”

명석의 낮은 침음이 귓가를 아스라이 울렸다. 그 무거운 숨소리에 담긴 감정을 재건은 언뜻 파악했다. 동생에 관한 얘기가 아닐까 하는 근심이리라. 오해를 막기 위해 재건은 덧붙였다.

“제 신작에 관한 이야깁니다, 편집장님.”

—아, 네. 신작을 구상하시고 계셨군요.

“완전히 다른 신작은 아니고요. 편집장님도 아시는 원고인데, 거기서 약간의 변화가 생겨날 것 같습니다. 자세한 사항은 뵙고 말씀을 드리겠습니다.”

—알겠습니다. 그럼 언제가 좋을까요?

“저는 당장 내일 저녁이라도 괜찮습니다. 편집장님 편하신 시간으로 정해주세요."

—그러면 내일 저녁으로 하시지요.

확실하게 약속을 정한 후 재건은 전화를 끊었다. 옆에서 기다리고 서 있던 수희가 물었다.

"오명석 편집장님이시지?"

"어, 내일 저녁에 뵙기로 했어."

"편집장님께 무슨 얘기하려고 하는 거야?"

"음, 그건……."

재건이 말끝을 흐리며 콧잔등을 실룩거렸다. 어딘지 모르게 망설이는 눈빛이다.

수희는 미간을 좁히고 웃으며 두 손을 내저었다.

"억지로 말하지 않아도 돼. 마음 내킬 때 이야기해 줘."

"그런 거 아니야."

재건이 짐짓 화난 투로 즉시 대꾸했다.

"너한테 숨길 일 같은 거 없어. 어떻게 말해야 할지 정리가 필요해서 그래."

"알았어요, 작가님. 나는 일단 주방 가서 저녁 만들고 있을게. 청소 무리하지 말고 적당히 끝내. 30분이면 되니까 씻고 와."

재건이 주방으로 가려는 수희의 손목을 붙잡았다.

"왜 그래?"

"내 기분 의식하지 마."

"으응?"

"이제 완전히 괜찮아졌어. 내가 아직도 저기압일까 걱정해서 물어보고 싶은 거 안 묻고, 하고 싶은 거 안 하고 그러지 않아도 된다고."

재건이 수희를 다시금 품 안에 끌어안았다.

"나 배려하지 마. 항상 네가 우선이야. 네가 내 옆에 있다는 사실만으로 내 인생 성공한 거야. 그니까 뭐든지 네가 하고 싶은 대로 해야 돼."

"내가 그만한 가치가 있는 여자야?"

"넌 하재건의 로망 그 자체야."

"……간지럽게 말은 잘해."

수희는 사랑하는 남자의 가슴에 이마를 살포시 기댔다. 되살아난 심장의 강렬한 박동이 뇌리를 울린다.

그다지 오래 걸리지 않아 일어선 재건이 고마워서, 그리고 무척 기뻐서 그녀는 눈시울을 몰래 붉혔다.

BIG LIFE

"편집장님……."

실례가 되리라는 생각을 하면서도 재건은 놀란 표정을 금치 못했다.

마주 선 명석은 예상했다는 듯이 씁쓸하게 웃었다.

"조금 수척해졌다는 소릴 듣기는 했지만, 하 선생님께서 이렇게 놀라시는 걸 보면 조금이 아닌가 봅니다."

명석의 너스레에도 재건은 웃을 수 없었다. 조금 수척해진 정도가 아니었다. 전에 없이 핼쑥해진 얼굴이었다. 날카롭게 도드라진 광대뼈와 턱 선, 굴곡이 확연하게 쏙 들어간 양 뺨, 그리고 퀭한 눈빛까지 어딜 보아도 예전의 명석은 없었다.

"혹시 몸이 안 좋으신 겁니까?"

"전혀 그렇지 않습니다. 사실 그간 술이 조금 늘어서요. 그리고 밤잠을 설치는 날이 늘어서…… 아무튼 건강은 괜찮으니 걱정하지 마세요."

마음고생이 이만저만이 아니었던 걸까. 초췌한 모습으로 웃는 명석이 재건에게는 너무도 안쓰러워 보였다.

"그럼 들어가실까요."

"네, 들어가시죠."

재건은 명석을 따라 식당에 들어섰다. 방으로 예약이 되어 있었다.

주문을 마친 뒤 물 한 모금을 마시고 난 명석이 입을 열었다.

"오늘 이 자리에 나오면서 하 선생님과 작업했던 날들을 하나하나 곱씹어 보았습니다. 어느 것 하나도 빼놓을 수 없는 소중한 추억이었어요.”

“……?”

재건의 두 눈에 의아함이 묻어났다. 갑자기 이런 이야기를 꺼내는 저의가 무엇인지 모르겠으나 불길한 느낌이 들었다.

명석이 차분하게 말을 이어갔다.

“저는 선생님이 만드신 양질의 요리에 수저를 얹어 내놓은 것밖에 한 일이 없습니다. 하 선생님 덕분에 유능한 편집자로서 인정받을 수 있었습니다. 웅성이라는 회사의 후계자가 아닌 한 사람의 편집자로서요. 이 자리를 빌려 다시 한번 감사의 말씀을 드리고 싶습니다.”

명석이 탁자에 코끝이 닿도록 상체를 숙였다.

당황한 재건은 몸을 뒤로 살짝 빼며 손사래를 쳤다.

“오늘도 편집장님은 이렇게 저를 띄워주시네요. 저는 애초에 무슨 요리인지도 모르고 무작정 만들어 대는 인간이었어요. 그리고 수저도 없어서 맨손으로 퍼먹었죠. 편집장님 안 계셨으면 아직까지 그러고 있었을 겁니다.”

“과찬이십니다.”

“제가 할 말을 또 먼저 하시네요.”

명석의 입꼬리가 살며시 올라갔다. 사막처럼 메마른 입술은 살짝만 움직여도 찢어져 피가 흘러나올 것처럼 보였다.

"편집장님."

"네, 선생님."

"하실 말씀이라는 게 이대로 끝나신 건 아니시죠?"

"……."

명석은 입을 다문 채 고개를 살며시 주억거렸다.

침묵이 이어지는 사이 노크 소리와 함께 여닫이문이 열렸다. 방으로 들어온 직원이 밑반찬과 음료를 하나하나 테이블 위로 내려놓았다. 그 와중에 명석은 다물고 있던 입을 열었다.

"본가로 다시 들어가게 됐습니다."

"네……."

나직이 답하는 재건은 이어질 말을 예상하고 있었다.

역시나, 이어지는 명석의 설명은 추측을 비껴가지 않았다.

"아버지께서 다시 집으로 저를 부르셨습니다. 간단히 말씀드리자면, 이제 편집자로서의 업을 완전히 마무리하고 조만간 회사를 이어받을 준비를 하는 쪽으로……."

명석이 더 말하지 못하고 고개를 들었다. 작가 대 편집자로서의 관계의 끝이 다가왔음을 직접 언급하기가 쉽지 않은 까닭이다. 재건을 향한 두 눈에는 미안한 감정이 가득 깃들어 있었다.

"무슨 말씀이신지 이해했습니다. 더 말씀하시지 않으셔도 됩니다."

재건이 말을 마무리하며 술병을 들었다. 서로의 잔에 술이 가득 차올랐다. 건배를 나눈 뒤 두 사람은 한잔의 술을 단숨에 목젖으로 넘겼다.

"그럼 편집장님."

비운 잔을 내려놓자마자 이번엔 재건이 말을 꺼냈다.

"저도 오늘 뵙고 드릴 말씀이 있다고 했던 것 기억하시죠?"

"아, 물론 기억하고 있습니다."

명석이 자세를 고쳐 바로 앉았다.

재건은 옆에 놓아둔 자기 가방을 끌어다 지퍼를 열었다.

"우선 보여드릴 것이 있습니다. 편집장님도 아시는 사람의 악의요. 시놉시스가 대략 완성됐는데 꼭 한번 읽어주셨으면 합니다."

"아아, 네. 바라던 바입니다. 인물을 조형하시느라 계속 스토리를 잡지 못하셨다고 하셨는데 이제야 결론을 내리셨나봅니다? 궁금하니 어서 보여주시죠."

재건이 가방에서 꺼낸 몇 장의 A4 용지를 건넸다. 넘겨받은 명석은 즉시 안경을 고쳐 쓰고 집중해서 읽기 시작했다.

그로부터 몇 분 후.

'이건……?!'

안경 너머에서 명석이 두 눈을 부릅떴다. 오직 악의만을 가득 지닌 한 사내가 파멸을 향해 달려가는 이야기였다. 하나 명석이 놀란 이유는 다른 데에 있었다. 이야기 속의 주인공이 너무도 낯익은 인물이기 때문이었다. 마치 자신의 동생이 투영되고 있는 듯한 느낌은 지나친 억측일까.

"으음……."

이윽고 전부 읽은 명석이 얼떨떨한 표정으로 고개를 들었다. 거기에 대고 재건은 기다렸다는 듯이 말했다.

"편집장님께서 맡아주셨으면 바랄 나위가 없겠습니다.

"하 선생님……."

"부담스러우시리라는 것도 압니다만 제 이기심으로 부탁드리겠습니다. 편집장을 그만두시기 전에 이 작품을 마지막으로 맡아주세요. 최대한 빠른 시일 안에 초고를 완성하겠습니다."

"……."

명석은 즉답하지 못하고 다 읽은 시놉시스 위로 두 눈을 내리깔았다.

얼마나 시간이 흘렀을까. 영원히 열리지 않을 것 같았던 그의 입이 비로소 벌어졌다.

"알겠습니다."

더없이 확고한 음성이었다. 재건이 보여준 이 새로운 시놉시스에는 분명히 동생이 들어가 있다. 관계가 없는 다른 사람들이라면 어떨지 몰라도 명석은 또렷하게 깨달았다. 그러니까 이건 그에게 결코 거절할 수 없는 부탁이었다.

"제가 맡겠습니다. 웅성의 편집장으로서 마지막 작품, 사람의 악의로 마무리하겠습니다."

"정말 고맙습니다. 최선을 다해서 쓰겠습니다."

잔을 든 재건이 또 한 잔의 술을 들이마셨다.

기실 명석의 판단은 틀리지 않았다. 새로 쓴 시놉시스의 주인공은 명훈이었다. 더불어 이야기 속의 명훈이 증오하고 있는 적의 모델은 다름 아닌 재건 자신으로부터 비롯됐다.

이러한 골격을 갖추게 된 데에는 얼마 전 정진으로부터 들었던 말이 주효했다.

"그 자식 세계관에선 네가 최종 보스였던 거야. 자기 세계에서 자기가 최고의 강자가 돼야 하는데."

친한 벗의 말을 되새기며 재건은 씁쓸히 웃었다. 그런 뒤 속으로 명훈에게도 한마디 감사의 말을 전했다.

'고맙다, 명훈아. 새로운 글을 쓸 수 있도록 경험을 안겨줘서.'

수많은 사람이 나를 향해 보내오는 감정은 온건히 나만의 것이다. 선의는 물론이고 악의까지도 전부 품어주겠다. 피하지 않고 발판으로 삼아 더욱 성장할 것이다. 이번 일을 통해 작가로서의 재건은 더욱 견고해졌다.

'그러니까 편집장님도 제게 미안해하시지 마세요.'

재건은 눈앞의 명석에게도 속으로 말을 건넸다.

처음 만난 순간부터 지금까지 명석을 생각하는 마음은 일절 변하지 않았다. 명석과 명훈이 친형제든 아니든 재건에겐 아무런 상관도 없었다.

BIG LIFE

"한잔 더 하실까요, 하 선생님."

"오늘 많이 드셨습니다. 편집장님이 이렇게 과음하시는 거 처음 봅니다. 오늘은 이만 들어가시죠."

재건이 비틀거리는 명석을 부축해 주차장으로 향했다. 대기하고 있던 명석의 운전기사가 놀란 얼굴로 뛰어와 명석을 넘겨받았다.

"하 선생님, 오늘 한잔만 더 하고 싶습니다. 제가 언제…… 끅, 하 선생님께 이런 무례한 부탁을 드릴 때가 있었습니까."

"그럼요, 저도 압니다. 그런데 오늘은 정말 너무 드셨어요. 편집장님 건강 상하실까 걱정이에요. 아프시면 사람의 악의는 어떻게 맡아주시려고요."

'사람의 악의'란 말에 명석의 두 눈이 이채를 발했다. 곧바로 그는 몸을 가누고 서서는 자신의 가슴을 자신만만하게 두들겨 보였다.

"사람의 악의는 제가 책임지고 제대로 맡아드리겠습니다. 절대로 하 선생님 실망하시는 일 없도록 하겠습니다. 저에게는 유종의 미를 거두는 중요한 과정이기도 하고요."

확실히 술이 들어간 탓일까. 명석의 말에서 평소 결코 나오지 않을 속내가 묻어나고 있었다. 급기야 그는 차에 태우려는 운전기사를 뿌리치고는 재건에게 말했다.

"배가 다른 동생입니다."

"……."

재건이 두 눈을 동그랗게 떴다. 명석은 술 냄새가 진하게 밴 한숨을 길게 내쉬더니 이어서 말을 늘어놓았다.

"어릴 때부터 외로움을 많이 타는 녀석이었습니다. 주변 사람들과 잘 어울리지 못하고 겉돌기 일쑤였고…… 그래도 저만은 잘 따라줬어요. 형으로서는 기쁜 일이지요."

재건은 묵묵히 명훈에 관한 이야기를 듣고 있었다.

"녀석의 꼬인 마음을 풀어보려고 나름 다방면으로 노력을 해봤습니다. 잘못된 대처도 많았지요."

밤하늘을 훑고 있던 명석의 흐릿한 시선이 재건에게로 되돌아왔다.

"언젠가 하 선생님께 드렸던 말 기억하시고 계실지 모르겠습니다."

"어떤……?"

"저는 작가로서도 편집자로서도 자격이 없다고…… 그래서 경영자의 영역으로 도망치려 하는 중이라고요."

"아…… 네, 기억하고 있습니다."

'작가의 서재' 프로그램 녹화 후, 명석과 저녁을 먹었던 날의 풍경이 재건의 뇌리에 되살아났다. 명석의 소설 '당신이란 사막'을 방송에서 소개했던 날이기도 했다.

명석이 자조하듯 웃으며 고개를 끄덕였다.

"저는 작가로서의 동생을 잘못된 방식으로 도와줬습니다. 양심에 거슬리는 일도 빈번하게 있었지요. 그래서 그런 말씀을 드렸던 겁니다."

"……."

재건은 숙연해져 할 말을 잃었다. 지금 명석은 숨겨왔던 속내를 통째로 내보이고 있는 것이다. 고마우면서도 한편으로는 괴롭기 그지없을 명석의 마음이 안타까웠다.

"하 선생님의 글이 워낙 좋아서 스스로의 치부를 억누르고 지금껏 욕심을 부려왔던 겁니다. 기왕 부려온 욕심, 사람의 악의까지 말끔하게 부리고 거두겠습니다."

"편집장님이 말씀하시는 그런 욕심이라면 평생 대환영입니다."

재건은 명석의 농담을 웃음으로 받아 끝맺었다. 그리고 잠시 고민한 끝에 넌지시 물었다.

"기왕 얘기가 나왔으니 여쭤보는 겁니다만 명훈이는 어떻게 지내고 있습니까?"

"자기 어머니가 계신 곳에 내려가 요양하고 있습니다."

"네……."

"단기간에 나아지긴 어려울 것 같습니다만, 그것 또한 녀석이 알아서 돌파해야 할 문제지요."

명석이 다시금 비틀거렸다. 재건은 한없이 얄팍해진 그의 깡마른 몸을 단단히 붙잡아주었다. 예전에 명석이 그랬듯이 이제는 자신이 그를 지탱해 줄 차례였다.

134장
대작이 될 겁니다

[하재건 작가의 판타지 소설 더 브레스 열풍이 엄청납니다. 해외시장을 목적으로 작가가 새로이 집필한 더 브레스 개정판은 이미 미국에서 1,500만 부에 가까운 판매고를 올리고 있는데요. 작품에 대한 평가는 논외로 치고라도 흥행 성적만으로 국내 모든 기록을 갈아치운 지가 오래입니다.]

앵커의 열띤 목소리가 스피커를 통해 거실을 울린다.

유진은 소파에 앉아 TV를 시청하는 중이었다. 옆에는 명석이 미리 싸둔 커다란 여행용 가방이 보였다. 정식으로 주거지를 옮기는 날이었다.

[미국에서 흥행 돌풍을 일으킨 더 브레스는 이제 영국과 프랑스, 그리고 독일 등지에도 수출되어 좋은 반응을 불러일으키고 있습니다. 이에 유럽 각국의 에이전시에서도 판권을 구입하기 위해 서로 더 좋은 조건을 제시하며 앞다투어 나서고 있는 상황이라고 합니다. 이렇게까지 인기몰이를 하는 비결이 뭘까요? 프랑스 파리 표상운 특파원입니다.]

프랑스 현지 대형 서점의 풍경이 TV 화면을 채웠다.

거대한 판매대에 산처럼 쌓인 프랑스어판 '더 브레스'가 보였다. 다양한 피부색을 가진 사람들이 판매대를 에워싸고 서서 열심히 책장을 넘기고 있었다.

[스테판 르불쉬/41/프랑스어 교사 : 동료가 가지고 있던 1권을 읽어보고 흠뻑 빠져 휴일을 맞아 구입하러 달려왔습니다. 책 속으로 빨려드는 느낌입니다. 굉장히 흥미롭습니다.]

[루카/17/학생 : 에드워드는 멋지고 드래곤은 너무 사랑스러워요. 제 평생 손에 꼽을 소설이 될 거예요. 영화로도 나왔으면 좋겠어요.]

[사미/24/직장인 : 평소 판타지나 SF 등의 장르 소설을 즐겨 읽습니다. 한국 작가의 작품을 읽는 건 처음입니다. 읽기 전에 감성이 다르지 않을까 막연히 걱정했는데 편견이었습

니다. 더 많은 독자에게 알려지길 바랍니다.]

인터뷰에 응한 독자들의 대답은 하나같이 극찬이다. 편집 과정에서 좋은 대답을 한 장면만 내보냈으리라 생각하면서도 유진은 웃음을 그칠 수 없었다.

"자기야, 이리 나와서 이것 좀 같이 봐."

유진이 TV에 시선을 향한 채 손을 흔들며 불렀다. 하지만 명석은 그녀에게 대답해 줄 수 없었다. 재건과의 통화가 아직도 끝나지 않았던 것이다.

"네, 선생님. 보강하신 시놉시스는 다시 읽었습니다. 제가 문제가 되리라고 생각하는 건 캐릭터가 명확하지 않아요. 자극적이고 재미는 있는데 아주 약간 중구난방인 느낌이라고 해야 할까요? 네? 아, 그렇죠. 물론 지금은 시놉 단계죠. 본격적으로 초고 집필 들어가시면 또 달라지겠지만 일단은……."

두 눈으로 원고를 훑는 한편 빠르게 말을 이어가는 명석은 쉴 틈이 없었다. 실내는 덥거나 춥지 않게 딱 알맞은 온도였지만 그의 움푹 들어간 뺨 위로는 땀이 줄줄 흘러내리고 있었다.

"……네네, 그러니까 이번엔 챕터 단위로 원고를 주고받는 편이 좋을 것 같습니다. 한 챕터마다 저하고 논의를 하시지요. 네, 감사합니다. 그리고 제목도 바꾸실 거죠? 네? 이대로요? 선생님, 이 제목이 나쁘다는 건 아닙니다. 다만 언제나 제목을 지으시는 방식이 상당히 직관적이신데 제 의견으로는……."

어느새 유진은 TV가 아닌 명석을 바라보고 있었다. 흡족한 미소로 발그레한 양 뺨이 실룩였다. 동생의 사고로 오래도록 저기압이었는데 다행히 기력이 되살아나고 있는 기색이다.

"알겠습니다, 저도 고심해 보겠습니다. 그럼 쉬시고 다시 전화드리겠습니다. 네, 끊겠습니다."

전화를 끊은 명석은 한숨 돌릴 생각도 없이 키보드를 두들기기 시작했다. 재건에게 추가로 전해줄 의견을 정리하는 것이다. 발소리를 죽이고 다가온 유진이 등 뒤에서 그를 끌어안았다.

"얼마나 바쁘면 내가 부르는 소리도 못 들어?"

"아, 불렀었어?"

명석이 고개를 뒤로 돌렸다. 살집이 남아나지 않은 그의 뺨을 살짝 꼬집으며 유진은 쓰게 웃었다.

"비쩍 마른 것 좀 봐. 이렇게 허약한 남자랑 불안해서 어떻게 살아?"

"걱정하지 마. 금방 예전처럼 돌아갈 거야."

명석이 자신만만하게 대답했다. 다시 몸을 살찌우는 일도, 유진의 든든한 남자로 되돌아가는 일도, 그리고 재건의 신작을 제대로 편집해 세상에 내보이는 일까지 전부 자신감이 흘러넘쳤다.

"이제 자기가 나보다 더 바빠지겠네?"

"아마도 그렇겠지. 하 선생님 집필 속도가 워낙 빠르셔서. 그간 계속 그랬잖아. 이번에야 결혼식도 있으시고 중국 쪽 일까지 여러모로 바쁘시겠지만, 아무리 늦어도 반년 안에 초고는 나올 거라고 본다."

"괜찮은 거야?"

"그야 당연하지. 원래 하던 일이었는데."

유진이 안았던 양팔을 풀었다. 두 손으로 명석의 어깨를 주무르며 그녀는 속삭이듯 말을 이었다.

"일 말고 자기 얘기야."

"내 얘기?"

"이제 정말 괜찮은 건지 걱정돼서. 간만에 활기차게 일에 집중하는 모습 보니까 기쁘긴 한데. 혹시나 억지로……."

"억지로 스스로를 혹사시키거나 하는 건 아냐."

명석이 유진의 말끝을 잡아챘다. 그는 키보드를 두드리던 두 손을 거두고 자리에서 일어섰다.

"말했듯이 해야 할 일을 하는 거야. 그리고 이건 즐거운 일이지. 난 지금 즐거워. 그동안 걱정시켜서 미안했다."

명석은 부풀어 오른 유진의 배를 살며시 어루만졌다. 손바닥을 타고 전해져 오는 따스한 기운을 느끼며 그는 다시금 다짐했다. 소중한 것들을 지키며 살아가기 위해 더욱 강한 인간이 되겠다고.

"이제 슬슬 출발해야지?"

"그래, 나가자."

명석이 여행용 가방을 끌고 현관문을 열었다. 대기하고 있던 정장 차림의 사내 둘이 보였다. 그들은 두 손을 앞으로 모으고 공손히 인사했다.

"이제 나오십니까."

"저희가 알아서 간다니까 하여튼 부장님도 고집 참."

명석이 못 당하겠다는 듯이 웃으며 한 사내의 어깨를 다독였다. 태진이 보내온 사람들이었다. 두 사내는 재빨리 짐을 넘겨받고는 엘리베이터 버튼을 눌렀다.

"이 집도 정 많이 들었는데."

엘리베이터에 오르며 유진이 중얼거렸다.

계기야 어쨌건 신혼집이나 다름없는 공간이었다. 그다지 길지 않은 기간 동안 이 집에서도 꽤나 많은 추억을 만들었다.

"작업실로 활용하기로 했는데, 뭐. 오려고 하면 언제든지 올 수 있어."

명석이 유진의 등을 어루만지며 위로하듯 말을 건넸다. 문이 닫힌 엘리베이터가 지하 주차장으로 내려가기 시작했다.

BIG LIFE

"으으…… 이보게, 내 잘못이 아니야……."

호박색 조명이 넓은 서재의 한 귀퉁이를 은은히 밝혀주고 있었다. 흔들의자에서 깜박 잠이 든 태진은 그 짧은 사이에 또 악몽에 시달리는 중이었다.

"내 탓이 아니야……. 으으…… 나는 자네를 해치지 않았어……. 오지 마……. 그런 눈으로 날 보지 말게……."

서재 문이 열리고 명석이 안으로 들어섰다. 노크를 해도 답이 없어 들어온 그는 땀으로 범벅이 된 채 잠꼬대를 하는 태진을 보고 잰걸음으로 다가갔다.

"아버지, 괜찮으세요?"

"으으으…… 그러지 마……. 제발 날 원망하지 마……."

"아버지, 왜 이러시는 거예요? 눈 좀 떠보세요."

명석이 태진의 양어깨를 붙잡고 앞뒤로 흔들었다. 잠꼬대를 멈춘 태진이 소스라치게 놀란 표정으로 두 눈을 떴다.

"명석아……."

"정신 드세요? 악몽이라도 꾸셨어요?"

태진이 고개를 뒤로 젖히고 긴 한숨을 내뿜았다. 장남의 얼굴이 두 눈에 보이는 것만으로 어찌나 안도가 되는지 말로 형용할 길이 없었다.

"물 좀 드세요, 아버지."

"고맙다."

태진은 명석이 건넨 미지근한 물을 숨도 쉬지 않고 다 마셨다. 수건으로 젖은 얼굴을 닦으며 그는 물었다.

"이제야 온 거냐?"

"네, 유진이하고 이제 막 도착한 참입니다. 문을 두드려도 말씀이 없으셔서 들어왔어요."

태진이 세수하듯 두 손바닥으로 얼굴을 빡빡 문질렀다. 믿음직한 장남이 돌아와서 마음이 든든했다. 다시 집안 분위기가 안정되면 이 몹쓸 악몽에서도 벗어날 수 있으리라.

"여행이라도 한번 다녀오시죠."

"안 그래도 네가 돌아오는 대로 그럴 참이었다."

"어디로 가실 예정이세요?"

"경주가 될 것 같구나. 자세한 얘기는 식사하면서 나누자. 유진이도 봐야 하고."

태진이 흔들의자에서 엉덩이를 떼고 일어섰다. 출입문으로 향하는 그의 등에 대고 명석이 말했다.

"아버지, 잠시 드릴 말씀이 있습니다."

"뭐냐? 말해봐라."

"임원 승급을 조금만 늦춰주셨으면 좋겠습니다."

"……?"

돌아본 태진이 의아한 듯 두 눈을 가늘게 떴다.

분부대로 하겠다던 장남의 마음이 이제 와서 바뀌기라도 한 것일까?

명석이 말을 이었다.

"아버지께서 심려하실 다른 일은 전혀 아닙니다. 다만 편집장으로서 해야 할 일이 하나 남아서 그렇습니다."

"편집장으로서 해야 할 일?"

"네, 하재건 작가의 신작을 하나만 더 맡고 싶습니다."

"하재건 말이냐……?"

태진이 멀거니 되묻는 대상은 눈앞의 장남이 아닌 자기 자신이었다. 재건의 감상을 들었던 이후로 그는 아직까지 소설을 쓰지 못하고 있었다. 절정에 이르러 전혀 다른 사람이 쓴 것 같다는 혹독한 평가. 태진은 여타 작가들과는 조금 다른 이유로 이 평가에서 벗어나지 못하고 있는 상황이었다.

"아버지?"

"아, 응…… 그래."

태진이 황망히 상념에서 깨어났다. 어째서인지 재건의 박한 평가를 되새기자 조금 전까지 자신을 괴롭혔던 악몽마저 되살아났던 것이다.

"그래, 네가 좋을 대로 해라."

태진은 순순히 명석의 청을 수락해 주었다.

"하루라도 빨리 네가 임원이 되었으면 하는 마음이지만, 네 뜻이 정 그렇다면 그렇게 해야지."

"고맙습니다."

"그럼 나가자꾸나."

두 부자가 서재를 나섰다. 길게 이어진 복도를 가로지르며 태진이 물었다.

"하재건 작가 신작은 이번에도 괜찮아 보이더냐?"

"네, 대작이 될 겁니다."

확신에 찬 명석의 대답이 즉각 되돌아왔다. 호들갑과는 거리가 먼 성격의 장남이기에 태진은 입술을 동그랗게 말고 쳐다보았다.

"그 정도로 대단하단 말이지?"

"적어도 제 안목으로는 그렇습니다. 절대로 놓쳐서는 안 됩니다. 반드시 웅성출판그룹의 이름으로 출간돼야 합니다."

명석이 강한 억양으로 대답을 이어갔다.

만족스럽게 고개를 끄덕이면서도 태진은 재건이 몹시 부러웠다. 작가로서 장남의 극찬을 받아보는 것이 평생의 소망이었다. 하지만 어느덧 은퇴를 코앞에 둔 나이. 이번 생애에서는 요원하기만 한 일이었다.

'나이가 들어서 좋은 건 있군.'

계단을 밟으며 태진은 속으로 중얼거렸다. 여전히 젊을 때처럼 분노가 치밀지만 그 고통스러운 감정을 제어할 침착함도 조금은 갖추게 되었으니까.

불현듯 결코 넘어설 수 없었던 벗의 얼굴이 눈앞에 아른거렸다. 태진은 울고 싶은 심정으로 웃었다.

BIG LIFE

"태정이한테서 메일 왔어."

"걔가 왜?"

수희가 밥을 먹다 말고 두 눈을 치켜떴다. 동기라는 사실보다 인터넷에서 익명으로 재건을 악랄하게 비방했던 사람으로 기억에 각인된 이름이다.

"그냥 잘 지내고 있냐는 안부. 예전에 고소 취하해 줘서 고맙다고, 덕분에 아르바이트하면서 공무원 시험 열심히 준비하고 있다고, 수희랑 결혼하게 되면 염치없지만 꼭 참석하고 싶다고 하더라."

재건은 감흥 없는 표정으로 국 한 숟가락을 떴다. 가만히 바라보던 수희는 살며시 고개를 내젓고는 대꾸했다.

"사람 쉽게 안 변해."

재건은 어떨지 몰라도 수희는 태정과 정미를 용서할 수 없었다. 항시 당당한 그녀의 성격으로는 도저히 이해되지 않는 비열한 일이었으니까.

"청첩장 안 보낼 거지?"

"무슨 소리야?"

재건이 어처구니없다는 표정으로 웃었다.

"보내고 싶어도 못 보내지. 우리 가족이랑 친한 지인들만 불러서 조용히 하기로 했잖아."

"내 정신 좀 봐. 내가 왜 이러니."

수희가 머쓱한 얼굴로 제 머리에 꿀밤을 먹였다. 한 가지 생각에 빠져들면 다른 부분을 곧잘 잊어버린다.

바로 그때.

"누구지?"

거실에 놓아두었던 핸드폰이 울렸다. 젓가락을 내려놓고 일어선 재건은 거실로 가 핸드폰을 손에 잡자마자 두 눈을 가늘게 떴다.

'이 여자가 왜 전화를 걸었지?'

재건은 핸드폰을 오래 썼고 지금껏 번호를 바꾸지 않았다. 웬만해서 한번 전화부에 기록된 번호를 지우는 법도 없었다. 설령 사이가 나쁜 사람이라고 해도 마찬가지였다. 번호를 알고 있어야 언제 어떻게 생겨날지 모를 성가신 일을 방지할 수 있으니까.

재건은 수희 쪽을 살며시 돌아보며 전화를 받았다.

"하재건입니다."

–안녕하세요…… 하재건 선생님.

"안 들려요. 크게 말씀하세요."

–아, 안녕하세요……! 안녕하세요, 하재건 선생님. 으흐흐흑…… 으흐흐흐흐흑……!

몇 마디 말을 나누기도 전에 오열부터 터져 나온다. 재건은 귀청을 울리는 핸드폰을 떼고 미간을 찌푸렸다. 무슨 일로 전화가 걸려왔는지 벌써 짐작했다. 최근 들어 연우도 몇 번이나 화를 냈던 악성 댓글의 범인이 이 여자였을 줄이야.

–제가…… 제가 정말 정신이 나갔어요, 하 선생님. 제가 한 짓이 아닌 것 같아요. 고시원에서 총무로 일하면서 공무원 시험 준비하고 있었는데…… 공부가 잘 안 돼서 제가 술을 마셨는데 저도 모르게 취해서…… 으흐흑……!

"하실 말씀이 뭡니까?"

–제발 한 번만 용서해 주세요, 선생님. 제, 제가 무릎 꿇고 사죄할 기회를 주세요. 정말 가엾은 인간이라고 여겨주시고 한 번만 봐주세요.

재건은 할 말을 잃고 입을 다물었다. 잠깐의 정적을 견디지 못하고 상대는 초조한 목소리로 다급하게 말을 이었다.

—공무원이라도 하지 못하면 제 인생 끝장이에요……! 제발 부탁드려요, 선생님. 이렇게 빌게요……!

"이보세요."

재건이 비로소 입을 열었다.

"사람의 천성이 쉽게 변하지 않는다는 건 저도 압니다. 하지만 나쁜 버릇은 고치기 위해 노력할 줄도 아는 게 또 사람이라고 생각해요."

—서, 선생님……!

"변할 줄 모르는 사람에게 베풀 호의는 없습니다. 제 말 알아들으셨어요, 원지연 씨?"

재건이 자기도 모르게 씹듯이 내뱉었다.

"합의는 없습니다. 당신 같은 사람이 공무원이 돼서 나랏일을 돌본다고? 상상만 해도 끔찍하군."

—서, 선생님……! 으흐흐흑……! 제발요! 뭐든지 시키시는 대로 할게요! 제발 고소만은…… 으흐흐흐흑……!

재건은 오열을 더 들어주지도 않고 전화를 끊었다. 다시금 전화가 걸려왔고 내친김에 차단까지 했다.

자리로 돌아온 재건에게 수희가 바로 물었다.

"원지연? 그 보조 작가였던 여자였어?"

"그래, 사람 쉽게 안 변한다는 네 말대로지."

드르륵!

주머니에서 재차 핸드폰이 울렸다. 자신을 차단하자 다른 번호로 전화를 걸어온 걸까? 재건은 눈살을 찌푸리며 핸드폰을 꺼내 들었다. 그러나 예상과 달리 이번엔 반가운 사람의 이름이 화면을 장식하고 있었다.

"안녕하십니까, 사모님."

–죽고 싶니?

곧장 낭랑한 목소리로 겁박이 되돌아온다. 덕분에 재건은 조금 전 지연과의 통화로 생겨난 불쾌한 기분을 말끔히 잊었다.

"제가 뭘 잘못했는지요, 사모님? 그간 별고 없으셨고요?"

–응, 너 그 사모님 소리 한 번만 더해. 맞다, 집에 있는 톨스토이 문고본 알지? 책장 정리하다 우연히 발견하고 펼쳐 봤는데 내가 그만 책 속에서 재미있는 걸 하나 발견했지 뭐니?

잠시 멍해 있던 재건은 급기야 안색이 대번에 새파래졌다.

"누, 누나."

–편지를 썼으면 보내야지 책 속에 묻어둘 건 뭐니? 근데 보니까 마침 내가 아는 사람이더라. 그래서 직접 배달해 줄 생각이야.

재건은 썩어가는 표정으로 웃으며 수희와의 간격을 넓

혔다.

까마득히 잊고 살았다. 오래된 문고본 책에 숨겨두었던 그 편지가 누나의 손에 들어가게 될 줄이야.

"왜, 왜 그래. 누나. 그러지 마."

-내가 읽어줄 테니까 받아써서 퇴고 한번 할래? 수희에게. 수희야, 안녕? 나 재건이야. 얼마 전에 정진이랑 효진이까지 넷이서 놀았던 날 정말 즐거웠어. 너도 즐거웠는지 모르겠다. 장마철은 한참 이른데 이 편지를 쓰고 있는 깊은 밤에도 비바람이 몰아치는구나. 네가 사는 곳도 마찬가지겠지? 같은 서울이니까. 그럼 우린 같은 비를 맞고 있는 거네. 뭔가 네가 곁에 있다는 기분이 든다. 푸, 푸하하하하!

재인의 웃음소리가 고막을 뒤흔들었다. 재건은 거의 돌아버리기 일보 직전의 심정이었다. 뜨거웠던 청춘이 남긴 흔적 중 하나다. 술에 취해 좋아하는 노래를 들으며 베개를 적시던 그날 밤. 새벽녘까지 잠들지 못하고 여신처럼 아름다운 수희를 그리며 쓴 편지였다.

"진짜 하지 말라니까……!"

-넌 명색이 작가라는 애가 어떻게 편지는 이렇게 초딩처럼 썼냐? 아니, 요즘 초딩들도 이렇겐 안 쓰겠다. 이렇게 썼으니까 수희한테 못 보냈지. 차라리 그때 이 누나한테 상담했으면 수희랑 캠퍼스 커플 될 수도 있었을 텐데.

"잠깐만, 누나. 잠깐만……!"

재건은 일단 재인의 입을 막았다. 온몸이 벌레라도 든 것처럼 간지러웠다. 제멋대로 오그라든 손발도 말을 듣지 않았다. 영문을 모르는 수희는 무슨 큰일이라도 난 거냐고 표정으로 묻고 있었다. 수희의 시야를 피해 거실 구석으로 간 재건이 말을 이었다.

"뭘 원하는 거야? 전부 말해."

–누나가 원하는 거?

"먹고 싶은 거 갖고 싶은 거 뭐든 있으면 전부 얘기하라고. 그리고 지금 이 얘기는 무덤까지 가져가는 거야."

–싫은데?

"아, 누나! 좀!"

별수 없이 재건은 덮어놓고 빌어댔다.

"내가 진짜 잘못했어. 뭘 잘못했는지는 정확히 모르겠는데 하여튼 전부 내 죄야. 난 죄 많은 인간이라고."

–아, 너무 즐겁다. 그러게 평소에 누님 말씀을 잘 듣고 따랐어야지 살살 놀려대기나 하고.

"맞아, 다 내 잘못이야. 뼈저리게 반성하고 있어."

줄기차게 고막을 울리던 웃음소리가 멎었다. 곧이어 차분해진 재인의 목소리가 뒤를 이었다.

–내가 원하는 소원 뭐든지 해준다고 했지?

"그렇다니까. 못하는 거 빼고 다 해줄 테니까 말만 해. 소원이 뭐야?"

–너랑 수희 결혼식 음식 누나랑 엄마가 준비하게 해줘.

"뭐?"

재건은 일순 어안이 벙벙해졌다.

"그건 또 무슨 얘기야?"

–말 그대로야, 사실 엄마 의견이고.

"엄마가……?"

–응, 기왕 가까운 사람들만 불러서 스몰웨딩으로 할 거라면 직접 해주고 싶다고 몇 번이나 말씀하시더라. 이제 너 장가가면 밥해줄 일도 더더욱 없을 거라고.

"……."

–엄마가 그런 맘이면 당연히 이 누나도 참전해야 하지 않겠니? 너 사실 볶음이나 국물은 엄마보다 누나 손맛을 더 좋아하잖아? 인정하지?

재건은 대답 대신 목울대를 울리고 있었다. 들어주는 쪽이 행복해지는 소원이라니. 평생 실속 없는 소원을 바라는 가족이 이해되지 않아서 재건은 또 코끝이 찡해지고 말았다.

–대답 안 해? 안 한다는 거야?

"왜 안 해. 당연히 인정하지."

–그래, 그럼 그렇게 결정한 거다?

"괜찮겠어?"

재건이 뭉클해진 가슴을 억누르고 현실적으로 물었다.

"시집간 지 얼마나 됐다고. 보통 집안도 아니고, 게다가 아무리 소규모라고 해도 하객이 수십 명은 될 텐데 그 많은 음식을……."

–일손 부족하면 사람 조금 쓰면 돼.

재인이 단호하게 말을 잘랐다.

–그리고 전에도 말했지만 내 걱정은 하지 마. 나 공부하는 일 외에는 하는 게 없어서 시간이 남아돌 지경이니까. 아버님은 나 보실 때마다 어디 좀 놀러 갔다 오라고, 오늘은 날 좋은데 친구라도 만나라고, 수원 집에라도 다녀오라고 항상 그런 말씀만 하신다니까.

"멋진 시아버지시구나."

–혹시 내가 마음에 안 드시는 걸까? 자꾸 나를 피하시는 기색이시거든. 산책 가자고 말씀드려도 영 거북해하시는 것 같고.

"그럴 리가 있겠어? 결혼 승낙도 그렇게 간단히 해주신 분께서?"

–아냐, 뭔가 마음에 걸려. 요전에 규호 씨 이틀 휴가였거든? 그래서 내가 말씀드렸지. 아버님이랑 규호 씨랑 셋이서 같이 여행 가고 싶다고. 근데 내 말 들으시자마자 손에서 숟

가락을 놓치셨어.

“그냥 실수하신 걸 거야. 너무 예민하게 생각하지 마.”

—흐음, 그런 걸까?

재인의 가느다란 한숨 소리가 전파를 갈랐다. 잠깐 생겨난 공백을 틈타 재건은 물었다.

“건 그렇고 매형은 어떠셔?”

—엄청나게 바쁘셔. 자정 전에 들어오는 날을 손에 꼽아야 할 지경이야. 더 브레스 온라인 때문에 일이 늘었대.

“안 그래도 수희도 얘기하던데. 매형이 워낙 뭐든지 직접 확인하고 해결하지 않으면 견디지 못하는 성미시잖아.”

—수희 얘기는 네 매형도 입에 담고 사신다. 일을 너무 잘해서 뭐든지 기대 이상이라고. 자기가 이사만 아니었다면 어떻게든 구워삶아서 같이 사표 쓰고 게임 회사 차렸을 거래.

재건은 뿌듯한 마음이 되어 수희가 있는 주방 쪽을 돌아보았다. 그리고 즉시 기겁했다. 주방이 아니라 코앞에 수희가 기척도 없이 서 있었던 것이다.

“누나…… 아무튼 그럼 내가 다시 전화할게. 나 밥 먹는 도중이었거든.”

—아, 정말? 진작 말하지. 알았어. 수희한테는 내가 나중에 따로 전화할게.

“응, 알았어. 끊을게.”

전화를 끊은 재건은 수희를 빤히 들여다보며 눈치를 살폈다. 대체 어디서부터 들었을까. 먼저 묻는 것도 제 발이 저리는 일이어서 입이 열리질 않았다.

"왜 그렇게 놀라? 뭐 내가 알면 안 되는 얘기라도 한 거야?"

"아니, 누나 전환데 매형이 네 칭찬을 엄청 하신다더라고. 역시 이수희 팀장님 유능해. 당연하지, 최고야."

"너 좀 반응이 이상한데?"

"뭐가 이상해. 그냥 누나가 한 말 있는 그대로 하는 건데."

"흐음……?"

"아, 나 배고파. 국 다 식었겠다."

재건은 도망치듯 주방으로 가서 남은 밥을 먹어치우고 내친김에 씻는다는 핑계로 욕실에 뛰어들었다. 설거지를 하기에 앞서 수희는 재인에게 메시지를 보냈다.

-언니, 저한테는 전화도 안 주시고 섭섭해요. 그리고 재건이가 쓴 편지 저 꼭 보여주셔야 해요?

-들었어?????????ㅠㅠㅠㅠ 어떡해;;;;;;;;;;;;;;;;;;;;

수희는 싱긋 웃으며 핸드폰을 내려놓았다. 낮잠에서 깨어난 리카가 우아한 걸음걸이로 그녀에게 다가오고 있었다.

"리카, 우리 중에 누가 더 귀가 밝을까?"

"야옹……?"

"우후훗."

수희가 쪼그려 앉아 리카를 두 손에 들었다. 까칠한 혀가 코끝을 핥아대자 수희는 웃었다. 간지러워서가 아니라 행복해서.

135장

그림이 그려진다

"태봉 씨도 저랑 같은 태 자 쓰시는구나."

"하하, 그러게요. 대표님이랑 같은 한자라니 기분이 좋습니다."

게이트 앞에 나란히 앉은 두 남자가 웃음을 터뜨렸다. 도준의 매니저 태봉과 래프북스 대표 태원이었다.

"이제 슬슬 나오실 때가 됐는데."

"그러게요. 앞에 좀 가서 서 있을까요."

게이트를 통해 입국자들이 속속들이 들어서기 시작했다. 태봉과 태원은 매처럼 두 눈을 번득이며 사방을 두리번거렸다. 먼저 상대를 찾아낸 사람은 태원이었다. 냉철한 얼굴로 가방을 끌고 나오는 한 40대의 사내를 향해 그가 손을 번쩍 들고 흔들었다.

"린민홍 부장님, 이쪽입니다!"

"아아……!"

사내가 즉시 표정을 풀고 반가운 미소로 다가왔다. 틴센트 문학 전략 기획 담당부장 린민홍이었다.

재건의 원작 소설 영화화 작업으로 틴센트 픽처스 쪽의 실무도 겸하면서 본격적으로 바쁜 나날을 보내는 중이었다. 그러던 중 오늘 업무의 일환으로 한국에 찾아온 것이다.

"안녕하셨습니까, 권태원 대표님. 그리고 우태봉 매니저님도요."

"언제 들어도 린민홍 부장님 한국어는 정말 유창하십니다. 한국 사람한테도 어려운 게 한국어인데, 메일 보내주시는 거 보면 어떻게 맞춤법도 그렇게 잘 맞추세요?"

"하하하, 한국과는 지금도 그렇지만 앞으로 더욱 협업해야 할 일이 많아질 테니까요. 조금 열심히 공부했지요."

"에이, 조금이 아닌데요? 아무튼 우선 차로 가시죠."

세 사람을 실은 차가 인천공항을 벗어났다.

운전대를 잡은 태봉은 서울 모처의 식당으로 설정된 내비게이션을 바라보며 속으로 근심하고 있었다.

'도준이한테 안 좋은 얘기는 없겠지? 그런 거라면 전화나 서면으로 할 수도 있는 일이고, 굳이 한국까지 찾아올 이유

가 없잖아?'

팔은 안으로 굽는다고 태봉의 1순위는 언제나 도준이다. 린민홍에게는 이미 최선의 제안을 해두었다. 영화화가 결정되면 모든 활동을 중단하고 틴센트 픽쳐스 쪽에 99% 이상 일정을 맞추겠다는 의지까지 표명했다. 태봉이 아니라 도준이 내린 결정이었다. 그만큼 지존록 시리즈의 주인공이 되고 싶은 도준의 열망은 강했다.

그에 따라 자연스레 태봉의 근심도 커져만 갔다. 도준의 자존심으로 받아들이기 힘든 역제안이라도 해오면 어떻게 대처해야 하나.

"……."

힐끗 백미러를 통해 살펴본 린민홍의 얼굴은 무표정하기 그지없었다. 차분한 시선으로 무릎 위에 놓아둔 자기 노트북을 들여다볼 뿐이었다.

태봉은 침을 꿀꺽 삼키고는 달리는 차의 속도를 높였다.

약 1시간 후, 병풍이 둘러쳐진 한정식집의 넓은 방 안에 다섯 사람이 마주 앉았다. 재건과 도준, 태원과 태봉, 그리고 중국에서 날아온 린민홍이었다.

인사라면 이미 주고받았다. 침묵이 감도는 가운데 상 위 가득 깔린 음식들에 손을 대는 사람은 아직 없었다.

먼저 침묵을 깬 사람은 린민홍이었다.

"마오옌 대표님께서 긍정적으로 검토하시고 계십니다."

모두의 시선이 린민홍에게로 모였다. 유독 두 눈을 부릅뜬 사람은 도준이었다. 긍정적으로 검토하고 있다는 한마디 말에 벌써 가슴이 한껏 부풀어 오를 지경이었다.

"하재건 선생님께서 새로 쓰신 원작과 영화화가 될 경우 어떤 배우를 기용하느냐에 이르기까지, 하나씩 확실하게 임원진을 납득시키고 계십니다. 그런데……."

린민홍이 차 한 모금을 홀짝이고는 어렵사리 말을 이었다.

"여기 계신 모든 분께서 아시다시피 저는 중국인입니다."

"……?"

"중국은 체면을 중요시하는 나라입니다. 단순히 사람과 사람의 여러 관계에서만이 아니라 초대형 비즈니스에서도 체면을 유지하기 위한 명분이 종종 요구되곤 합니다."

어째서 이런 말을 꺼내는 걸까? 잠자코 경청하는 모두의 앞에서 린민홍은 준비한 말을 줄줄이 늘어놓았다.

"저는 한국어를 능숙하게 구사하는 편입니다. 한국인과 일해야 할 경우가 많아서 열심히 공부했습니다. 그래서 한국인의 실리적인 문화나 관습에 대해서도 자연스레 어느 정도는 익히게 되었지요. 그래서 고민 끝에 이런 외람된 이야기를 터놓고 꺼내게 됐습니다."

린민홍의 시선이 도준에게로 천천히 옮겨가고 있었다.

"마오옌 대표님께서 독립 영화 건두부 즐겁게 보았다고 전해달라고 하셨습니다."

"……네?"

갑작스러운 말에 도준은 입이 살짝 벌어졌다. 중국인의 체면이니 한국인의 문화나 관습이니 운운하다가 갑자기 '건두부' 얘기라니. 하고자 하는 말의 저의가 무엇인지 알 수가 없었다.

"작품도 좋았지만…… 중국인을 연기하신 도준 씨의 모습은 마오옌 대표님에게 임원진을 설득할 절반의 명분이 됐습니다."

"아아……."

린민홍의 말뜻을 어렴풋하게 이해한 태원과 태봉이 고개를 끄덕이고 있었다.

도준은 '건두부' 출연을 격렬히 반대했던 태봉을 흘겨보았다. 그러자 할 말이 없는 태봉은 즉시 고개를 떨어뜨리더니 시계도 차지 않은 자기 손목을 내려다보며 딴청을 부렸다.

"린민홍 부장님, 그런데……."

도준이 태봉을 흘겨보던 시선을 거두고 입을 열었다.

"절반의 명분이라고 하셨는데 나머지 절반은……?"

"아아, 그 나머지 절반까지 굳이 말씀드릴 필요가 있었나요?"

질문을 받은 린민홍이 오히려 의아하다는 기색으로 되물었다.

"모든 분이 아시다시피 하 선생님의 추천이죠."

"……?"

"원작자이신 하 선생님께서 마오옌 대표님께 직접 도준 씨를 주연배우로 기용해 달라고 추천을 하셨으니까요. 애초에 도준 씨를 염두에 두고 만든 주인공이다, 도준 씨 이외의 연기자가 주인공을 맡는 건 상상한 적도 없다, 적어도 지존록 시리즈 한정으로는 도준 씨보다 좋은 배우를 찾을 수 없을 것이다, 도준 씨가 아니면 안 된다 등등의 견해와 함께 말입니다."

린민홍은 생글거리는 얼굴로 말을 마쳤다.

금시초문인 도준은 웃지 못하고 천천히 고개를 옆으로 돌렸다. 머쓱한 표정의 재건이 바로 곁에 있었다. 시선을 내리깐 채 제 콧날을 괜히 두 손가락으로 문지르고만 있었다. 도준은 가슴이 울렁거렸다. 잠깐 목이 메어서 목소리도 나오지 않았다.

"이거 제가…… 뭔가 실수라도?"

"아, 아니요. 아닙니다, 부장님. 그런 게 아니라 원체 하 선생님이랑 우리 도준이랑 친한 친구 사이이기도 하고요. 수

줍음을 많이 탑니다. 하하, 하하하!”

태봉이 저 혼자 웃으며 박수까지 해댔다. 태원도 덩달아 얼떨결에 손뼉을 치며 헛웃음을 터뜨렸다.

똑똑.

곤란하던 찰나에 딱 맞춰 문이 열리고 직원들이 새 음식을 가져왔다. 태봉은 맛깔스럽게 내리깔리는 새 음식을 핑계로 화제를 전환하려고 입을 열었다. 하지만 린민홍의 말이 한발 먼저 나왔다.

“하재건 선생님.”

“네, 부장님. 말씀하세요.”

“부탁드릴 것이 있습니다.”

재건이 젓가락을 내려놓고 린민홍을 지그시 바라보았다. 특정한 제안이 있을 거라고 예상은 하고 있던 바였다. 아니라면 ‘마오옌이 긍정적으로 검토하고 있다’는 식으로 말하지 않았을 테니까. 무엇보다 린민홍이 직접 언급한 중국인의 체면은 무겁다. 이대로 사라질 화제가 아니었다.

“그러니까 그…….”

린민홍이 좌중의 얼굴들을 살피며 말끝을 흐렸다. 분명히 할 말이 있는데 머뭇거리는 기색이 역력했다. 목이 타는 듯이 헛기침을 몇 차례 하더니 그는 말을 이었다.

“저희 마오옌 대표님은 천성이 중국인이십니다. 무척 죄송하지만 다음에 자리가 만들어졌을 때, 그런 부분을 하재건 선생님께서 조금 헤아려 주셨으면 하는 바람입니다."

재건은 고개를 끄덕이면서도 한쪽 눈두덩을 실룩이고 있었다. 실로 두루뭉술한 부탁이어서 의문이 들었던 것이다.

정말로 이게 원래 하려던 부탁일까? 혹시 도준이나 그 밖의 다른 사람 눈치를 보느라 말을 바꾼 것은 아닐까?

린민홍의 본의를 파악하기가 모호했다.

"아, 혹시라도 제가 드린 말씀에 오해는 하지 말아주십시오."

재건이 상념에 잠긴 표정을 하자 린민홍은 당황해서 두 손을 내저었다.

"하 선생님의 훌륭한 인품은 저도 대표님도 익히 알고 있습니다. 지금까지 정말 저희에게 잘해주셨고 오늘도 마찬가지입니다. 저는 단지 더 나은 후일을 생각해서 대표님의 성격에 관한……."

"오해하지 않았습니다."

재건이 웃으며 말을 끊었다. 난처해져서 말이 느려지는 린민홍을 위한 작은 배려였다.

"무슨 말씀이신지 알아들었습니다. 명심하겠습니다."

"……정말 고맙습니다."

린민홍이 어색한 웃음을 입가에 빼물고 술병을 들었다. 모두의 잔에 술이 가득 차올랐다.

"말을 많이 했더니 배가 몹시 고파졌습니다. 좋은 곳으로 데려와 주셔서 무척 감사드립니다. 자, 건배하시죠."

본격적으로 식사가 시작되었다. 한국과 중국 출판 시장 동향에 관해 소소한 대화가 테이블 위를 오갔다. 재건의 일에 관한 이야기는 더 이상 린민홍의 입에서 나오지 않게 되었다.

"잠시 화장실 좀 다녀오겠습니다."

화장실에 간 재건은 세면대에서 손을 씻고 있던 태원과 마주쳤다. 태원은 다 씻은 손을 탁탁 털면서 대뜸 말했다.

"린민홍 부장이 밑밥을 깔고 있는 것 같아요."

"밑밥이요?"

"고작 그 정도 부탁을 하려고 이렇게 거창하게 이야기를 시작할 사람은 아닌데요. 조만간 저희 쪽으로 뭔가 요구해 올 것 같은데…… 그게 뭔지 모르겠네요."

재건이 잠자코 고개를 끄덕였다. 태원도 자신과 비슷한 생각을 하고 있었던 것이다. 막연했던 추측에 확신이 실리고 있었다.

"시간 지나 보면 알게 되겠죠. 마오옌 대표의 천성을 헤아려 달라는 말의 참뜻이 뭔지. 지금은 너무 깊이 생각하시지 마세요."

"네, 대표님."

재건과 태원이 자리로 돌아오고 얼마 후 자리는 끝났다. 인사를 마치고 나서 린민홍은 태원의 차에 올라탔다. 예약한 호텔까지 태원이 데려다주기로 얘기가 돼 있었다.

그들이 떠나고 난 다음 재건도 도준의 차 뒷좌석에 몸을 실었다.

"태봉이 형, 정말 괜찮으시겠어요? 저는 지하철 타고 돌아가도 금방인데요."

"도준이 방송국은 저녁 8시까지만 가면 돼요. 시간 넉넉합니다. 그리고 요즘 하 작가님 향한 관심 최고조예요. 혼자 가시다 피곤한 일 당하실지도 몰라요."

대답하는 태봉의 얼굴에 미소가 만연했다. 조용히 도준을 챙겨주는 재건이 더없이 고마워서였다.

'도준이가 정말 좋은 친구를 얻었어.'

재건을 만난 후부터 도준은 확실히 달라졌다. 곧잘 외로움을 타던 모습은 사라지고 자주 웃는 사람이 됐다. 세상을 바라보는 특유의 삐딱한 시선도, 제 기분에 따라 멋대로 행동하는 일도 꽤나 줄었다. 긍정적인 변화는 배우로서의 인생에도 적잖은 보탬이 되어주고 있었다.

시동 걸린 차가 주차장을 빠져나갔다. 핸들을 꺾으면서 태봉은 문득 룸미러를 바라보았다. 나란히 앉은 재건과 도준이 비쳤다. 두 사람 모두 말없이 각자의 창밖만 내다보고 있었다. 어색한 침묵이다. 그 이유를 알고 있는 태봉은 히죽 웃으며 말을 꺼냈다.

"하 작가님, 헤어스타일이라도 한번 또 바꾸시죠?"

"제 머리요?"

"네, 스타일만 살짝 바꾸셔도 알아보는 사람이 많이 줄어들 거예요. 그럼 예전처럼 여기저기 다니시기도 편하실 거고요. 펌을 하셔도 잘 어울리실 것 같은데."

"나도 그 생각했어."

도준이 듣던 중 반갑다는 듯이 비로소 고개를 돌렸다. 안 그래도 침묵이 버거워서 무슨 말을 꺼낼까 고민하던 차였다.

"그러고 보니 재건이 너, 왜 내가 소개시켜 준 샵 안 가? 실장이 너 요즘 통 안 온다고 섭섭하대. 거기 실력 마음에 안 들어?"

"그럴 리가. 머리는 정말 예쁘게 해주시더라. 근데 너무 대접을 잘해주니까 영 거북해서. 머리 한번 자르러 간 건데 너무 왕처럼 세세하게 챙겨줘."

"정당하게 서비스받는 건데 뭐가 거북해. 혼자 가니까 좀 쑥스러울 수는 있겠다. 나 머리할 때 다음에 같이 갈래?"

"그럴까?"

"그래, 그러자."

"어."

"……."

대화가 이어지지 않고 다시금 정적이다.

태봉은 피식 새어 나오는 웃음을 가까스로 참으며 라디오를 틀었다. 부드러운 클래식 선율이 차 안에 흐르기 시작했다. 차가 재건의 집에 다다를 때까지 도준은 아예 두 눈을 감고 잠을 청했다.

"하 선생님, 다 왔습니다."

"으음, 네."

재건이 두 눈을 뜨고 상체를 들었다. 쾌적한 에어컨 바람에 깜박 졸았던 모양이다.

"데려다주셔서 정말 고마워요, 태봉이 형."

"별말씀을요. 얼른 들어가세요, 작가님."

"네, 수고하세요. 도준아, 나중에 보자."

"그래, 푹 쉬고 전화해."

재건이 자기 집 현관을 향해 느릿한 걸음으로 멀어져 갔다. 그 뒷모습을 바라보고 있던 도준은 이내 입술을 잘근 씹으며 차 문을 열었다.

"왜? 내리려고?"

"잠깐 있어봐."

차에서 내린 도준이 잰걸음으로 뒤를 쫓았다. 발소리를 들은 재건이 돌아보고는 웃으며 물었다.

"뭐 잊은 거 있어?"

"잘할게."

"어?"

"내가 잘할게."

재건이 두 눈을 동그랗게 떴다. 큰 키로 구부정하게 선 도준은 둘 곳 없는 시선으로 바닥을 이리저리 훑어대고 있었다. 고마운 마음을 있는 그대로 표현하기가 부끄러워서 그는 가까스로 고민 끝에 덧붙였다.

"실망시키는 일 없을 거야."

"도준아……."

"나 간다."

빠르게 말을 마친 도준이 돌아섰다. 멀거니 그 모습을 바라보는 재건의 입가에 천천히 웃음꽃이 피어오르고 있었다.

드르륵!

"어? 벌써 도착하셨나?"

재건이 집을 향해 돌아서며 태원의 전화를 받았다.

"네, 대표님."

–잘 도착하셨어요? 저는 린민홍 부장 호텔 올라가는 거 보고 사무실로 돌아가는 길이에요.

"저도 지금 막 도착했어요. 아까 말씀 못 드렸는데 오늘 고생 많으셨습니다."

-고생은요, 무슨. 그보다 하 작가님, 린민홍 부장이 무슨 말을 하려던 건지 좀 알 것 같더라구요.

"무슨 말이요?"

-더 브레스요.

"……?"

-차에 둘만 남게 되니까 호텔에 도착할 때까지 더 브레스에 관한 얘기만 줄기차게 하더라고요. 그리고 조만간 하 작가님이랑 저랑 셋이서 한번 뵙고 싶다는 말도 했고요.

지존록 시리즈에 관한 협상에 '더 브레스'가 끼어들게 되다니. 어쩐지 흐릿하게나마 그림이 그려진다.

자신을 발견하고 다가오는 리카에게 손을 흔들며 재건은 물었다.

"대표님 생각은 어떠세요?"

-뻔하죠, 뭐. 영화화 판권에 대한 얘기 아니겠어요? 오늘 식사 자리에서 계속 마오옌 대표 체면 운운한 것도 관계가 있을 거 같은데요?

"저도 그런 생각이요. 만약 정말로 더 브레스를 빌미로 삼아서 뭔가 제안을 하려는 거라면 유진 씨와도 상의를 해야 할 문제인데요."

—우선 제가 더 얘기해 보고 다시 말씀드릴게요.

전화를 끊은 재건은 발치에 다가와 선 리카를 들어 제 어깨에 얹었다.

"휴…….."

절로 한숨이 나왔다. 이러다 결혼식 전날까지 일하게 되는 것 아닐까. 리카는 그의 복잡한 심경을 읽기라도 한 것처럼 뺨을 핥으며 위로하고 있었다.

BIG LIFE

"그게 정말이야?"

"네, 하재건을 만나려고 린민홍 부장이 한국에 왔답니다."

"자넨 그걸 어디서 들었어?"

"한국 지사에 아는 후배가 있습니다. 하재건에 대해 정보 들어오면 좀 귀띔해 달라고 말을 해뒀었습니다."

"호오."

성득이 한쪽 귀를 후비며 고개를 끄덕였다. 사무실로 이동 중인 차 안이었다. 그의 머리는 당면한 국무와 전혀 상관이 없는 재건의 생각으로 가득해지고 있었다.

"어떡할까요, 의원님?"

"생각하는 중이야."

성득이 두 눈을 감고서 혀를 한 번 찼다. 규호와 재인의 결혼식장에서 처음 만난 후로 더 이상 재건을 만나지 못했다.

보좌관을 통해 여러 번 연락했지만 매번 거절당했다. 문화부 차관을 통한 시도도 마찬가지였다. 덕분에 4선 의원으로서의 자존심은 완전히 구겨졌다.

'아직 머리에 피도 안 마른 자식이 건방지게……!'

성득은 터지는 속내를 혼자 삭일 수밖에 없었다. 아쉬운 사람은 재건이 아니라 자신인 것이다.

안 그래도 대단한 작가였던 재건의 입지는 그사이 더욱 굳건해졌다. 미국과 유럽 각국을 휩쓸기 시작한 '더 브레스'의 이름은 4살 먹은 아이들도 익히 알고 있을 정도였다.

생각 끝에 성득은 핸드폰을 꺼내 들었다. 신호음이 이어지고 잠시 후 전화가 연결되었다.

—어이구, 권 의원 아니십니까.

"하하. 네, 장관님. 점심은 드셨습니까?"

—조금 전에 먹고 청사로 돌아온 참입니다. 어쩐 일이십니까?

"문방위 의원이 문화부 장관께 연락을 드릴 이유가 딱히 뭐 있겠습니까? 국익에 이바지할 좋은 사업이 없을까 논의하고 싶어서지요. 하하하."

성득은 입에 발린 말을 청산유수로 늘어놓으며 한껏 웃음을 터뜨렸다. 그러고는 신중한 표정으로 되돌아와 나직이 말을 이었다.

"하재건이란 작가가 아주 유명합니다?"

—아아, 하재건 작가요. 말씀대로 아주 대단하지요. 어디 우리나라에 그렇게 해외에서까지 대성공을 한 작가가 있었습니까? 문화부 장관으로서도 참 기쁜 일입니다.

"그저 기뻐하시지만 말고 어떻게, 공식적으로 자리를 한번 만들어 보셔야 하는 거 아니겠습니까? 제가 괜히 문방위 소속이 아니지요. 이럴 때 아니면 언제 제가 팍팍 밀어드리겠습니까?"

—으음, 네…… 한데 차관의 말을 빌리자면 하재건 작가가 대외적인 행사나 사업 같은 걸 무척 꺼려 하는 눈치라서요. 글 쓰는 일 이외의 활동은 전혀 하고 싶지 않답니다.

장관의 말에 성득은 또 한바탕 껄껄 웃었다.

"그렇게 말하는 걸 보면 확실히 그 작가가 아직 어려요. 세상 돌아가는 걸 모릅니다. 누가 자기더러 선거 유세라도 하랍니까? 꿔다 놓은 보릿자루처럼 나와서 자리 하나 지켜주고 있으면 될 걸 뭐 거창하게. 안 그렇습니까?"

—하하하, 네. 뭐…….

장관이 애매한 웃음으로 대답을 얼버무렸다.

성득은 답답한 넥타이를 확 풀어버리고는 말을 이었다.

"듣자 하니 하재건 소설 중국에서 서비스하는 틴센트 말입니다. 그쪽 전략부장이 한국에 와 있다고 하더이다."

—앗, 그렇습니까?

"그 회사가 얼마나 돈이 많은지 장관께서도 잘 아시죠? 며칠 내로 하재건이랑 또 만나게 될 텐데 그 자리 누가 만들어야 되겠습니까?"

—으음, 무슨 말씀이신지는 알아들었습니다만…….

"이게 고민이나 될 만한 얘깁니까? 우리 나랏일 하는 사람들입니다. 나랏일이 뭡니까? 국민들 행복하고 나라 부강하게 만드는 일 아닙니까? 국익을 위해서 일하자고 말씀드리고 있는 거예요, 지금 제가."

거기까지 말하고 난 성득은 속으로 덧붙였다. 재건은 존재 자체가 국익이니 댁이랑 나는 거기에 숟가락 하나씩만 얹으면 되는 일이라고.

—압니다만, 하재건의 동의를 구할 길이 참…….

"자리 만들기 전에 설득해야 한다는 법이라도 있습니까? 하늘을 봐야 별을 따지요. 일단 불러다 앉혀놓는 것부터 생각합시다. 틴센트 쪽에는 제가 보좌관 통해 연락 넣어두겠습니다."

어느덧 사무실 건물이 가까워 왔다. 성득은 추후 다시 대화하기를 기약한 후 장관과의 통화를 끝냈다. 흐트러진 넥타

이를 고치며 그가 보좌관에게 말했다.

"그 린민홍인지 하는 놈한테 전화 한 통 넣어봐. 내가 한 번 먼저 어떤 인간인지 낯짝을 봐야겠어."

"알겠습니다, 의원님."

차에서 내린 성득이 피우던 담배를 건물 입구 휴지통에 내던졌다. 들어가지 못한 꽁초가 바닥에 널브러졌고 성득은 그대로 입구를 통과했다.

"대표님, 린민홍입니다. 이제 막 호텔 들어왔습니다."

–전화 기다리고 있었어요. 얘기는 잘 끝냈나요?

"지시하신 대로 솔직히 얘기했습니다. 적당히 부담을 안겨줬는지는 확신이 서지 않습니다만……."

린민홍은 핸드폰을 대고 대화 내용을 소상히 고했다. 그의 말을 듣고 난 마오옌이 간만에 그에게 웃음소리를 들려주었다.

–그만하면 됐어요. 고생했어요.

"감사합니다."

–하 선생님은 실리적이기도 하지만 감성이 풍부하신 분이니까. 처음부터 이렇게 오픈하는 쪽이 나았을지도 모르지.

"저도 그렇게 생각합니다. 저희와 협업 관계인 위저드리 쪽이 부실한 영화사도 아니고, 다음 자리에서는 무난하게 협상을 이끌어 낼 수 있을 것 같습니다."

–나야 린민홍 부장 믿지. 남은 일정도 잘 부탁해요.

"네, 대표님. 아, 드릴 말씀이 하나 더 있습니다."

린민홍이 끊어지려는 통화를 붙잡았다.

"국회의원 한 사람이 연락을 해왔습니다."

–국회의원이요?

"네, 권성득이라고 4선 의원인데요. 문방위 소속 위원으로서 틴센트 소속인 절 한번 만나고 싶답니다."

린민홍은 부하 직원을 시켜 조사한 권성득의 약력을 설명했다. 설명이 채 끝을 맺기도 전에 전파 저편의 마오옌이 불쑥 물었다.

–류바우 중앙 선전부장과도 혹시 인맥이 있나?

"제 선에서 알아본 바로는 없습니다."

–어디선가 들어본 적이 있는 이름인데…….

"어떻게 할까요?"

–정치인 비위 거슬러서 좋을 건 없지. 그 점이 아니더라도 한번 만날 필요는 있겠어요. 만나서 무슨 의도를 갖고 있는지 알아봐요. 나도 내 선에서 한번 살펴볼 테니.

"알겠습니다."

그날 저녁, 린민홍은 성득과 서울 모처에서 은밀하게 만남을 가졌다.

"어때?"

"……."

재건은 대답이 없었다. 질문을 듣지 못한 게 아니었다. 너무 아름다워서 할 말을 잃어버린 게 문제였다. 웨딩드레스를 입고 수줍게 선 수희의 자태에 숨이 다 막힐 것 같았다.

"재건이 얘 얼빠진 것 좀 봐."

곁에 선 재인이 쿡쿡 웃으며 재건의 등허리를 때렸다. 비로소 정신이 든 재건은 침음 끝으로 겨우 한마디 했다.

"잘 어울리네."

"그게 끝이야?"

"정말 예뻐."

수희가 살짝 코끝을 올렸다. 썩 만족스럽지 못한 대답이다.

'드레스가? 아님 내가?'

묻고 싶었지만 시누이가 될 재인이 옆에 있어서 참았다.

"근데 아까, 세 번째 입었던 드레스가 더 좋은데."

"세 번째? 그 분홍색?"

재건이 느릿하게 고개를 끄덕였다. 그에게 있어 수희는 세상에서 가장 예쁜 다리를 가진 여자였다. 각선미가 돋보이는 미니드레스를 입히고 싶은 바람이었다.

재인도 기억해 내고는 의견을 냈다.

"그거 깜찍하고 발랄하긴 한데 가벼워 보여. 조금 허전한 느낌 들지 않았어?"

"저도 그래요, 언니. 전 이게 더 예쁜 것 같은데요. 레이스도 풍성하고……."

재인과 수희는 머리를 맞대고 고민을 거듭했다. 잠시 후, 재인이 화장실에 간다고 자리를 비우자마자 재건은 목소리를 낮추고 수희에게 물었다.

"정말 이 드레스가 맘에 들어?"

"네가 보기엔 영 아닌 거야?"

"아니, 이것도 예뻐. 내 말은 네가 입고 싶은 드레스로 고르라는 거지. 너랑 내가 결혼하는 건데."

"그렇게 말 안 해도 그럴 거야."

드레스 차림의 수희가 살포시 웃었다.

재건은 심장이 녹아들 지경이었다. 그리고 생각했다. 어쩌면 나는 수희의 아름다움을 아직 절반조차 모르고 있는 건 아닐까 하고.

"그래서 이걸로 하겠다고?"

"조금 더 고민해 보고."

"세 번째 입었던 그건 영 별로야?"

"그만 말해. 네 속 모를까 봐?"

수희가 재건의 양 뺨을 꼬집더니 귓가에 대고 속삭였다.

"내 다리는 너만 봐야지."

"……."

재건은 말문이 막혀 더 이상 입을 열지 못했다.

잠시 후 재인이 돌아왔고 두 여자의 웨딩드레스 선별 작업이 계속되었다. 일도 없이 서 있기만 해서 다리가 아팠던 재건은 잠시 쉬려고 스튜디오를 나섰다.

드르륵!

"어? 여보세요? 차관보님?"

–안녕하십니까, 하 선생님. 별고 없으시죠?

안부를 주고받는 재건의 얼굴은 티끌 없는 미소를 짓고 있었다. 문화부 차관보는 그간 여러모로 자신의 편의를 봐준 사람이었다. 도리를 알아서 성가신 자리를 주선하는 일도 없었다.

"저야 잘 지내고 있습니다. 차관보님은 어떠신가요."

–저 역시 무탈합니다. 하하하, 건 그렇고 요즘 아주 하 선생님 유명세가 대단합니다. 더 브레스가 벌써 몇 개국 수출인가요? 6개국인가요? 7개국인가요?

"운이 좋았습니다. 많이 부족한 작품인데 좋은 분들이 힘을 모아주신 덕분이죠."

–몇 번이나 말씀드렸지만 2부 반드시 써주셔야 합니다. 전에 알려주셨던 사람의 악의도 좋지만 전 에드워드 뒷얘기가 더 궁금해요. 독자로서 개인적인 바람이니 오해하지 마세요? 하하하.

"격려 말씀 고맙습니다."

차관보를 따라서 재건도 덩달아 웃었다.

잠시 후, 웃음이 잦아들면서 차관보가 본론을 꺼냈다.

–하 선생님, 최근 다망하십니까?

"아니요, 특별히 몹시 바쁘거나 그렇진 않습니다만."

–그럼 차관님과 저녁 식사 한번 하시지 않으시겠습니까?

"차관님과 저녁이요?"

재건의 낯빛이 살며시 어두워졌다. 그의 성향을 꽤나 알게 된 차관보는 다소 다급하게 말을 이었다.

–특별할 건 없습니다. 그저 차관님은 하 선생님께서 가지고 계시는 해외시장에 관한 생각이나 지식, 뭐 그런 출판계 동향 등등에 관해 배우고 싶어 하시거든요.

"더더욱 무섭네요, 차관보님. 저는 글이나 쓰는 사람이지 그런 부분들에 대해서는 별로 드릴 수 있는 의견이 없어요."

–공식적인 자리도 아니니 부담 갖지 마시고요. 가볍게 저녁 드시면서 한국 콘텐츠의 발전을 위해 몇 마디 말씀만 해주시지요. 임기도 얼마 안 남으셨는데 부탁드리겠습니다.

재건은 음료수를 뽑으려던 자판기 앞에 서서 생각에 잠겼다. 예전 구청장 같은 사람의 부탁이었다면 고민할 여지조차 없었으리라.

위치와 소속 때문이 아니다. 문화부 차관보는 재건을 작가로서 또 한 사람의 개인으로서 존중해 준 사람이다. 임기가 얼마 남지 않았다는 말에도 고심한 끝에 재건은 입술을 뗐다.

"그럼 차관님과 차관보님, 그리고 저 이렇게 셋이서만 뵙게 되는 건가요?"

-네, 그렇습니다.

이윽고 재건은 결심하고 고개를 끄덕였다.

"알겠습니다. 그렇게 하겠습니다."

-고맙습니다, 하 선생님. 그럼 언제가 좋으시겠습니까? 차관님께서는 목요일 제외하고는 빠를수록 좋다고 하셨어요.

"저는 저녁이라면 내주까지는 언제라도 괜찮습니다."

-네, 선생님. 그럼 제가 다시 연락을 드리도록 하겠습니다.

재건은 인사를 나눈 뒤 전화를 끊었다. 음료수 하나를 뽑아 드는 사이에 한 철학자의 우화가 떠올랐다. 세상에서 인간관계만큼 어려운 것이 또 뭐가 있을까.

136장

입 좀 다물어주세요

"연우 쟤 요즘 왜 저렇게 자주 멍해?"

부천의 작가 사무실.

이제 막 도착한 민호가 현경에게 귀엣말로 물었다. 신혼부부인 그와 은영은 사나흘에 한 번꼴로 사무실에 출퇴근을 하고 있었다.

"지난주에도 저러더니 여전히 저러네. 눈 풀린 것 좀 봐."

"저도 모르겠어요. 몇 번 물어봤는데 통 대답도 없고. 그래도 쓰는 글은 잘 쓰고 있더라고요."

현경은 고개를 갸웃거리며 중얼거리듯 말을 이었다.

"좋아하는 여자라도 생겼나. 핸드폰 엄청 자주 들여다보던데."

"여자가 아니라 혹시, 예전 너처럼 가내 금융업자라도 된 거 아니냐?"

"아니, 형은 여기서 또 주식 얘기가 왜 나와요?"

"농담한 거야, 알았어. 삐치지 마, 점심 사줄게."

민호가 발끈한 현경을 달래는 사이, 연우는 여전히 텅 빈 모니터 화면을 멍하니 들여다보고만 있었다. 아무에게도 털어놓을 수 없는 고민으로 코털이 다 새하얗게 셀 지경이었다.

'왜 연락이 안 오지.'

찬란하기 그지없는 웅성출판그룹의 편집장으로부터 아무런 연락이 오지 않는 나날이다. 이메일과 핸드폰 확인만 하루에도 수십 번. 연우는 지쳐 가고 있었다.

'아씨, 몰라. 이번 달 끝나기 전에는 연락 오겠지.'

연우는 당장 급한 글부터 쓰기 위해 한사코 잡념을 떨쳐냈다. 번민으로 평소보다 느리기는 하지만 어쨌든 그의 열 손가락은 착실하게 문장을 만들어 갔다.

"연우야, 정오다. 점심 먹어야지. 은영이 누나가 오므라이스 만들어준대."

"먼저들 드시고 한 접시만 남겨주십쇼. 저 오전 할당량 못 채워서 글부터 쓰고 마음 편히 먹을 겁니다."

"자식이 성실한 척하기는. 사람이 완전 변해버렸어."

"현경이 형, 지금 언뜻 어조가 심하게 부정적이지 않습니까?"

연우를 제외한 모든 작가가 TV를 틀고 식탁에 둘러앉았다. 정치권에 관한 뉴스가 흘러나오자 봉이가 바로 좌중을 돌아보며 물었다.

"이런 채널 재미없으시죠? 다른 데 틀까요?"

"그래, 드라마 채널이나 영화 채널 틀어봐."

봉이가 리모컨을 손에 집어 든 순간, 뉴스가 끝나고 앵커가 화면에 나타났다. 화면 아래로는 '국회의원 권성득, 콘텐츠 산업의 중요성 강조하며 하재건 작가 언급'이란 문구가 지나가고 있었다.

"하 작가님 얘기네?"

"어? 그래?"

작가들이 전부 숟가락질을 멈추고 TV로 시선을 모았다. 혼자 글을 쓰고 있던 연우도 집필을 멈추고 TV로 다가왔다. 앵커의 또렷한 목소리가 생방송으로 흘러나오고 있었다.

[……콘텐츠 산업 활성화를 도모하기 위한 포럼이 오는 22일 국회 의원회관 제3세미나실에서 개최됩니다. 문화체육관광부와 국회의원 권성득 의원실 공동 주최로 이뤄지는 이 포럼에는…….]

"뭐야, 재건이 형 얘기 아니잖아?"
"가만있어 봐."
은영이 연우의 등을 때리며 주의를 주었다.
잠시 후, 화면이 국회 풍경으로 바뀌면서 재건에 대한 언급이 이어졌다.

[……말미에 권성득 의원은 현재 국내외에서 이름을 떨치고 있는 하재건 작가를 언급하며 콘텐츠 산업의 중요성을 다시금 강조했는데요. 하재건과 같은 역량 있는 작가들이 꾸준히 나와서 한국의 콘텐츠 산업이 발전할 수 있도록 물심양면 지원을 아끼지 말아야 한다고 발언했습니다.]

"권성득이 누구야?"
"아무리 정치에 관심이 없어도 권성득을 몰라? 그것도 4선 의원인데."
은영이 민호에게 핀잔을 주었다. 그 뒤를 이어 봉이가 고개를 끄덕이며 덧붙였다.
"저는 정치 잘 모르는데 우리 아버지는 저 국회의원 좋아하시더라고요. 지지율도 높을걸요."
"맞아, 그러고 보니 옛날에 도서 정가제 발의했던 사람 아냐? 나도 얼굴은 눈에 익네."

"아무튼 우리 하 작가님 대단하셔. 저 의원이 어떤 인간이건 간에 이 정도로 언급이 된다는 자체가 한국을 대표하는 작가가 되셨다는 의미 아니야?"

"그러게, 이렇게 뉴스 통해서 들으면 우리가 아는 하재건 작가님이 아닌 것 같다니까."

"얘기 나오니까 하 작가님 보고 싶네. 언제 또 사무실 놀러 오시려나."

"요즘 바쁘시잖아. 차라리 우리가 결혼식 가서 보는 게 빠르겠다."

작가들 사이에 재건을 주제로 이야기꽃이 피었다. 최고의 팬이자 매니저를 자처하는 연우도 대화에 끼고 싶어 키보드 대신 수저를 손에 잡았다. 여전히 재건에 대해 말하고 있는 TV 속의 성득은 어디까지나 사람 좋게 웃고만 있었다.

BIG LIFE

"네, 편집장님. 사람의 악의 원고 3챕터까지 조금 전에 보내드렸어요. 한번 읽어보시고 말씀 주세요. 아, 전 지금 저녁 약속이 있어서요. 시간이 빠듯해서 택시 탔습니다. 네, 편집장님도 저녁 맛있게 드시고요."

통화를 끝낼 즈음 택시도 목적지에 다다랐다. 넓은 마당을

낀 고풍스런 한옥이 재건을 기다리고 있었다. 오늘 저녁을 먹기로 한 한정식집이었다. 대문을 통과하자 한복 차림에 머리를 곱게 빗은 중년 여성이 맞아주었다.

"어서 오세요."

"안녕하세요. 예약이 돼 있을 겁니다. 제 이름은 하……."

"하재건 선생님이시죠?"

"아, 네."

난생처음 보는 중년의 여자는 온화한 미소로 인사를 이었다.

"좋은 작품 항상 잘 읽고 있습니다. 저는 이 식당의 지배인을 맡고 있는 박해령이라고 합니다. 선생님처럼 뛰어난 문인께서 이렇게 찾아주시니 무척 기쁩니다."

말을 마친 지배인이 허리를 90도로 숙였다. 당황한 재건도 쭈뼛거리며 고개를 숙여 답했다.

"나중에 사인 한 번만 해주시면 무척 감사하겠습니다."

"꼭 해드리겠습니다. 그리고 저야말로 감사드립니다."

"방은 저쪽 모퉁이 돌아서 끝입니다."

신발을 벗고 대청마루에 올라선 재건은 지배인이 가리킨 방으로 걸음을 옮겼다. 손목을 들어 시계를 보니 약속 시간까진 이제 5분을 남겨두고 있었다.

'하마터면 늦을 뻔했네. 오늘따라 길이 막혀서…….'

미닫이문을 앞에 두고 재건은 우선 옷매무새를 가다듬었다. 그리고 문고리로 손을 가져가려는 찰나, 한발 먼저 문이 열리면서 낯익은 얼굴이 튀어나왔다.

"……린민홍 부장님?"

"아니, 하재건 선생님께서 여긴 어떻게……?"

문턱을 사이에 둔 재건과 린민홍은 서로의 얼굴을 멍하니 쳐다보았다. 이윽고 재건의 놀란 시선은 천천히 린민홍을 벗어나 방 안쪽으로 향했다.

"아이고, 저희 생각보다 무척 빨리 도착하셨네요. 안 그래도 지금 사정을 설명하려던 참이었는데 말입니다. 하하하."

문화부 차관이 뒷머리를 긁적이며 웃음을 터뜨렸다. 이리저리 굴러다니는 두 눈에는 민망함이 그득했다.

재건의 시선이 차관을 지나 그 옆의 차관보에게로 향했다. 차관보는 재건을 제대로 쳐다보지도 못했다. 한껏 내리깐 두 눈가에서 경련이 멈추지 않고 있었다. 재건에게 달갑지 못한 상황을 안겨준 것에 대한 나름의 죄책감이었다.

'도대체 뭐가 어떻게 된 거야.'

재건은 문턱 앞에 선 채 다시금 린민홍을 바라보았다. 어안이 벙벙한 것은 린민홍도 매한가지였다. 이 자리에 재건이 나타나리라고는 생각조차 하지 못하고 있었으니까.

바로 그때, 해답을 가진 사람이 재건의 등 뒤 대청마루로 올라섰다.

“늦어서 미안하네. 갑자기 요의가 밀려와서 말이지.”

“……?”

돌아보기도 전에 재건이 두 눈을 부릅떴다. 본능적으로 몸이 꺼리는 상대라는 것이 있다. 누나의 결혼식장에서 단 한 번 우연히 만났을 뿐이지만 그 감각은 생생했다.

“들어가지 않고 뭘 이렇게들 서 계신가?”

4선 의원 성득이 유들유들한 목소리로 말을 잇고 있었다.

재건은 빠르게 자신이 처한 상황을 파악했다. 성득이 연출한 장기판에 말이 되어 올라선 것이다. 황당해하는 린민홍, 고개를 들지 못하는 차관보의 모습을 봐도 어렴풋이 짐작할 수 있는 사실이었다.

‘과연 세상은 넓구나.’

재건은 하마터면 모두의 앞에서 실소를 터뜨릴 뻔했다.

문을 열기 직전까지는 상상조차 하지 못했던 상황이다. 자기도 모르는 사이에 성득의 계획에 말려들었다. 마루를 딛고 선 발가락 끝이 심하게 저려왔다. 시장기로 가벼웠던 배가 서서히 뜨거워지기 시작했다.

“이, 일단 들어오시죠.”

서늘한 분위기를 감지한 차관이 진땀 나는 얼굴로 나섰다.

“다들 아시다시피 권 의원님께서는 문방위 소속이시고 한국 콘텐츠 산업의 발전을 위해 불철주야 노력하시는 분이십니다. 저만 하 선생님의 고견을 경청할 수가 없어서…… 그래서, 거, 제가 어제까지 일정이 빠듯해서 미리 언질을 드릴 수가…….”

말끝을 흐리다 못한 차관이 애꿎은 차관보를 돌아보며 바통을 넘겼다.

“하 선생님께 미리 말씀 안 드렸나?”

“네? 아니, 그게 그…….”

차관보라고 할 말이 있을 리 없었다. 재건을 향한 죄스러운 마음이 더해진 그의 입은 더욱 곤궁했다. 오죽 억울했으면 소리라도 버럭 지르고 싶은 심정이었다.

성득이 재건을 지나 방으로 들어서며 말을 이었다.

“하 작가와 린민홍 부장은 서로 인사를 생략해도 되겠지? 린민홍 부장과는 나도 연이 있지. 내로라하는 중국 최고의 콘텐츠 기업 아닌가. 그래서 불렀지. 마오옌 대표는 안녕하신지 모르겠군.”

마치 예전부터 잘 알고 지내왔다는 투였다. 은근히 인맥을 과시하는 듯한 그 모습에 린민홍은 할 말을 잃었다. 성득과 만난 것은 린민홍에게도 오늘이 고작 두 번째인 것이다. 더불어 그가 아는 바로 성득과 마오옌은 일면식조차 가진 적이 없었다.

어찌 됐든 린민홍은 신중한 사내였다. 오늘날 틴센트 전략 부장의 지위를 실력도 없이 꿰차고 있는 것은 아니었다. 그는 우선 말을 아끼고 재건에게 정중히 권했다.

"하 선생님, 이쪽으로 앉으시지요."

재건과 린민홍의 시선이 지척에서 맞부딪쳤다. 잠시 생각한 끝에 재건은 고개를 살짝 까닥였다. 성득의 의도야 뻔하게 짐작이 가지만 이 자리엔 린민홍과 차관보도 있다. 정확한 사실관계를 파악하기 위해 그는 문턱을 넘어섰다.

큼지막한 테이블의 좌측으로 재건과 린민홍, 그리고 우측으로는 성득을 비롯한 나머지 인원이 자리를 잡았다.

대화의 포문을 연 사람은 성득이었다.

"류바우 중앙 선전부장께서 방한하셨을 때 참석하지 못해서 못내 아쉬워. 한국과 중국의 문화 교류와 그 발전을 위한 뜻깊은 자리였는데 말일세. 내 그때 국무로 눈코 뜰 새가 없을 시기였거든."

아무도 맞장구를 쳐 주지 않는다. 어색한 침묵이 버거운 차관과 성득의 보좌관만 머쓱하게 고갯짓을 해 보였다. 그에 아랑곳없이 성득은 제 할 말을 계속했다.

"내가 우리 하 작가를 참 좋아해요. 정말이지 대견스러워. 대한민국 어디에 이런 작가가 있었나? 안 그렇습니까, 차관님?"

"네, 네. 저도 그리 생각합니다. 하재건 선생님처럼 세계인의 심금을 울리는 글로 국위선양하시는 분이 또 어디 있겠습니까."

차관은 재건의 비위를 맞추려고 필사적으로 대꾸했다. 그러나 정작 맞은편의 재건은 무표정하기만 했다.

성득이 탁자까지 손으로 두드리며 탄식하듯 덧붙였다.

"하 작가와 같은 이런 인재를 국가적으로 키워줘야지요, 응? 정말이지 개탄스럽기 짝이 없어요. 괜히 나라가 있고, 대통령이 있고, 나와 같은 의원이 있겠습니까?"

어느새 성득의 두 눈은 재건을 훑듯이 바라보고 있었다.

"하 작가, 이제부터는 나만 믿게. 내 자네가 더욱 이름을 드높이고 더 많은 독자가 자네를 알게 되도록 물심양면으로 노력하겠네. 내 당연히 그래야지. 이 모두가 나라를 위해서 하는 일 아닌가. 안 그런가?"

"……!"

재건은 구역질마저 느끼고 목울대를 울렸다. 속이 용광로처럼 부글부글 끓어올랐다. 식도를 타고 열기가 솟구치면서 목젖이 타들어 가는 것처럼 뜨거워졌다. 적어도 성득이 자신의 소설을 하나라도 제대로 읽어본 독자였다면, 그의 속물적인 근성과 저열한 의도를 깨달았다고 해도 이만큼 화가 나진 않았으리라.

"거, 목도 컬컬하실 텐데 한 잔씩 드시지요."

차관이 잔을 들고 조심스레 말했다. 재건은 잔을 들었지만 건배를 나누지 않고 그대로 제 입에 털어 넣었다. 공복이어서 고작 한 잔에 술기운이 강렬하게 올라왔다.

"술을 제법 잘하는 모양이군, 하 작가?"

성득도 술 한 잔을 들이마시고는 재건에게 불쑥 물었다. 대답을 바라고 던진 질문이 아니었다. 이른바 기 싸움의 전초전이었다. 자신이 이 사회에서 훨씬 어른이라는 사실을 오늘 이 자리에서 재건에게 주지시킬 필요가 있었다.

"거, 차관님. 우리 문화부 장관님 말이요. 하 작가를 위해 좋은 아이디어 구상한 거 없으시나?"

성득이 차관에게 지나가듯 묻는 사이, 재건이 불쑥 손을 뻗어 술병을 잡았다. 그는 린민홍이 따라 주려는 것도 손짓으로 정중히 사양하고는 직접 자신의 잔에 술을 가득 채웠다.

'이러시는 모습은 처음인데…….'

린민홍은 숨이 턱 막혔다. 재건의 담담한 표정 속에서 스멀스멀 뿜어져 나오는 분노를 감지했다. 불길한 예감이 엄습해 왔다. 오늘 이 자리, 무슨 일이 벌어질지 장담할 수 없게 됐다.

바로 그때, 성득이 뒤늦게 생각났다는 듯이 두 눈을 동그랗게 뜨고 제 손가락을 튕겼다.

"그래, 차관님. 문화 콘텐츠로 활용하는 방안은 어떻소?"

"문화 콘텐츠요?"

"다른 지방자치단체들 봐요. 유명 작가로 기념관이나 문학관 지어서 지역 콘텐츠로 활용하는 케이스가 많잖소. 물론 서울에서야 어렵겠다는 말들이 나오겠지만 이번엔 어중이떠중이들이 아니라 하 작가요. 안 그래요?"

"과연……! 하재건 선생님의 명망이라면 충분히 가능한 일이죠. 그러고 보니 동해시장도 하 선생님 관련해서 동해에서 사업 추진하고 싶다는 얘길 한 적이 있었죠?"

차관이 반갑게 손뼉을 쳤다. 곁의 차관보는 재건이 어떤 성격인지 알기에 그저 울고 싶을 뿐이었다.

성득은 스스로의 재치에 감탄했다는 듯 홀로 고개를 주억거리고는 중얼거리기를 멈추지 않았다.

"창작 레지던시로 활용하는 방안도 있겠군. 우리 하 작가에게 배우고 싶은 지망생들이 지천에 깔렸을 테니. 아무튼 내 조만간 서울시장을 한번 만나서 좋은 길을 모색해 봐야겠어. 아, 하 작가. 예산이라면 걱정하지 말게."

재건은 대답 대신 또 한 잔의 술을 단숨에 들이마셨다. 이걸로 벌써 빈속에 세 잔째였다. 린민홍이 미처 말릴 틈조차 없었다.

"화장실 좀 다녀오겠습니다."

처음으로 이 자리에서 입을 연 재건이 일어섰다. 집중해서 들을 이야기도 아니었다. 당사자는 가만히 있는데 저희들끼리 북 치고 장구 치느라 여념이 없는 것이다.

화장실에 들어선 재건은 크게 한숨을 내쉬었다. 거울에 비친 얼굴이 불이라도 난 것처럼 붉었다. 빈속에 마신 세 잔의 술만을 탓할 순 없었다. 찬물로 세수를 하고 나니 조금은 본디 혈색이 되돌아오는 듯했다.

'내가 이상한 게 아니지?'

거울 속의 자신을 들여다보며 재건은 물었다.

보고 싶은 사람들의 얼굴이 하나씩 하나씩 거울 위로 겹쳐지듯 떠오르고 있었다. 가족에 이어 친한 벗 정진과 도준, 그리고 태원과 명석, 소미 등등…… 하나같이 자신을 위해 전력을 다해준 고마운 사람들이었다. 마지막으로 떠오른 건 결혼을 앞둔 수희의 아름다운 얼굴이었다.

끼이익.

등 뒤로 문이 열리며 성득이 화장실에 들어왔다.

거울 속으로 비친 재건의 젖은 얼굴에 성득의 시선이 와닿았다.

"날이 많이 더우신가, 하 작가? 술을 제법 빨리 마시던데."

성득이 소변기 앞으로 가 바지 지퍼를 끌렀다.

재건은 종이 타월을 뽑아 잠자코 제 얼굴을 닦았다. 이때라도 입을 다물었으면 좋았으리라. 하지만 성득의 굳은 근성은 재건을 고이 보내주지 않았다.

"하 작가, 자네 말이야. 붙임성이 조금만 더 있으면 더할 나위가 없을 텐데."

얼굴을 닦던 재건의 손길이 멈췄다. 용변을 마친 성득이 하반신을 털더니 돌아서서는 가르치듯이 말을 이었다.

"요즘 시대는 말일세, 직업을 막론하고 자기 자신을 어필해야 하는 시대야. 물론 자네는 이미 크게 성공했지. 암, 그렇고말고. 하지만 사람과의 관계가 중요하다는 걸 가슴 깊이 새긴다면 지금보다 훨씬……."

바로 그 순간.

"의원님."

재건이 얼굴을 닦던 손을 거둬들이며 성득의 말을 잘랐다. 구기듯이 종이 타월을 쥔 주먹이 떨릴 즈음, 어떻게 대처해야 할지 결론이 섰다.

"제발 그 입 좀 다물어주시면 안 되겠습니까?"

"……?!"

성득은 자신의 두 귀를 의심했다. 두 눈은 화장실 안에 다른 누가 더 있는지 확인하고 있을 정도였다. 하지만 어딜 봐도 작은 화장실 내부에 재건의 말이 겨냥한 상대라고는 자신뿐이었다.

"자, 자네 지금……!"

급격하게 호흡이 거칠어진 성득이 헐떡이듯 말을 이었다.

"지, 지금…… 나에게 마, 말한 건가……?!"

4선 의원으로서 국회에서 난장판이 벌어질 때조차 이런 말을 들어본 적이 없는 성득이다. 이제 고작 서른 살 먹은 새파란 녀석에게 입을 좀 다물라는 말을 듣게 되다니?

"그럼 먼저 나가보겠습니다."

"거, 거기 서게!"

성득이 침을 튀기며 소리쳐 불렀다. 두 눈은 까뒤집히고 양쪽 콧구멍도 한껏 벌어졌다. 다듬지 않아 잡초처럼 무성한 코털이 마치 살아 있는 생물처럼 실룩이고 있었다.

"하 작가! 자네는 위아래도 없나! 유명세 좀 탔다고 어디서 저 하고 싶은 대로 건방지게……."

"반말하지 마세요!"

재건이 성난 얼굴로 돌아보며 일갈했다. 기세에 놀란 성득은 주춤거리듯 한 걸음 뒤로 물러섰다.

"전부터 여쭤보고 싶었는데 의원님이 제 아버지라도 되십니까? 저는 지금 결혼을 앞두고 있습니다. 가정 꾸려가야 할 사람이란 말입니다. 사회에서 만났으면 반말하지 마세요."

"이이……! 이, 이이이……!"

성득의 목에 핏발이 잔뜩 섰다. 목소리가 도저히 나오지 않았다. 재건에게 삿대질하는 손가락은 학질 걸린 사람처럼 부들부들 떨리기만 바빴다. 눈앞이 캄캄해질 정도로 충격이었다.

"기왕 말이 나온 김에 확실히 말씀드리겠습니다. 의원님께서 무슨 계획을 하시건 간에 제가 동참하는 일은 없을 겁니다."

"무, 무슨……!"

"저를 이용해서 지지율을 높이고 싶으신 겁니까? 아니면 예산이 탐나시는 겁니까? 혹은 두 가지 다입니까?"

"어, 어디까지 날 우롱하려는 건가!"

성득이 벌컥 소리쳤다. 할 말이 없으니 언성이 높아지는 건 자연스러운 현상이었다. 심지어 재건의 말은 정곡을 찔렀다고 봐도 무방했다.

한결 차분해진 기색의 재건이 덧붙였다.

"어느 쪽이든 저와는 관계없습니다. 저는 쓰고 싶은 글만 열심히 쓰는 작가고 제가 나설 부분은 없어 보입니다. 정말로 국익을 위해 부족한 제가 나서야 할 일이 생긴다면 그때에도 제 신념에 따라 움직일 겁니다."

더 이상 혼자가 아닌 만큼 책임감을 가지고 움직여야 한다. 진심으로 나를 아껴주는 사람들을 위해서라도 거를 것은 철저하게 거를 것이다.

그래서 재건은 후회하지 않았다.

"으, 으으……!

침음을 흘리다 못한 성득의 두 다리에서 힘이 풀렸다.

재건이 천천히 돌아서고 있었다. 바로 그즈음, 때맞춰 문이 열리고 린민홍이 나타났다.

"으음……?"

린민홍은 멍해져서 재건과 성득을 번갈아 바라보았다. 협잡이라도 당한 사람처럼 치를 떠는 성득을 보고 벌써 뭔가 일이 벌어졌음을 그는 직감할 수 있었다.

"하 선생님, 무슨 일이십니까?"

린민홍은 성득이 아니라 재건에게 먼저 물었다. 그런 린민홍의 행동마저도 불 받은 성득에게 추가로 휘발유를 붓는 꼴이 되었다.

"별일 아닙니다."

재건이 희미한 웃음으로 고개를 가로저으며 린민홍에게 말했다.

"의원님께서 덥냐고 물어보셔서 그렇다고 말씀드렸습니다. 의원님도 상당히 더우신 모양입니다."

말을 마친 재건이 먼저 화장실을 나섰다. 린민홍은 성득에게 잠시 눈길을 주었을 뿐 바로 재건을 따라 사라졌다.

성득은 두 눈을 질끈 감고서 화장실 벽에 등을 기대어 섰다. 꿈이라고 믿고 싶었다.

잠시 후.

"어? 권 의원님, 왜 그러십니까?"

화장실로 찾아든 차관이 두 눈을 크게 떴다. 그러나 성득에게는 대답할 기력조차 남아 있지 않았다.

"하재건 선생님이 일어나셨는데요. 저 차관보랑 잠시만 쫓아서 다녀오겠습니다. 자리에서 기다리시고 계세요, 의원님."

말이 끝나기가 무섭게 차관마저 서둘러 자리를 떴다.

홀로 남은 성득은 벽에 등을 기댄 채로 파도 앞의 모래성처럼 스르륵 무너져 내렸다. 간단한 수식이라고 생각했건만 대체 어디서부터 계산이 잘못된 것인지 알 수 없었다.

BIG LIFE

—하재건 선생님이 그 자리에 나오셨다고?

"네, 저도 권성득 의원과 차관만 나오는 자리라고 알고 있었는데 많이 놀랐습니다. 그리고 아무래도 하 선생님과 권성득 의원 사이에 사고가 조금 난 것 같습니다."

서울 모처의 식당가 한복판.

린민홍은 전단지가 덕지덕지 붙은 전봇대 옆에서 마오옌과 통화하고 있었다. 중국어로 유창하게 말하는 그에게 지나가던 행인 몇몇이 흥미롭다는 듯 시선을 던졌다.

"……그러고 나서 하 선생님께서 갑자기 자리를 박차고 나오셨고요. 저는 황급히 쫓아 나온 참입니다."

—하 선생님은 뭘 하시고 계세요?

"제게 저녁을 먹자고 하셨습니다. 지금 식당가로 왔습니다."

—마음이 많이 안 좋으실 텐데 좋은 곳으로 모셔요.

"그게, 이미 하 선생님께서 식당을……."

린민홍이 말끝을 흐리며 눈앞의 허름한 식당 간판을 올려다보았다. 순댓국이라는 음식은 아직 한국에 와서 먹어본 경험이 없는 그였다.

"아무튼 자리가 만들어졌으니 오늘 기회를 봐서 더 브레스에 관해 말씀을 드려볼 생각입니다."

—그런 일이 있었는데 일이 잘 풀릴까요?

"하 선생님이 감정적인 분은 아니라고 생각합니다. 걱정하지 마시고 맡겨주십시오."

전파 속에서 마오옌의 한숨 소리가 잘게 부서졌다.

—알겠어요, 린민홍 부장만 믿고 있을게요.

"감사합니다, 대표님.

—권성득 의원 쪽은 더 이상 신경 쓰지 말아요. 류바우 선전부장님과도 얘기 끝난 일이니까. 우리 틴센트에게는 하 선

생님의 일이 최우선입니다.

"명심하겠습니다. 그럼 다시 연락드리겠습니다."

전화를 끊고 난 린민홍이 식당 안으로 들어섰다. 구석 자리에 앉은 재건이 보였다. 주문한 두 그릇의 순댓국도 테이블 위에서 하얀 김을 피워 올리고 있었다.

"실례했습니다, 선생님."

"아닙니다. 따지자면 바쁘신 부장님 붙잡고 저녁 먹자고 한 저에게 잘못이 있는 거죠. 어서 앉으세요."

린민홍이 맞은편 의자를 빼고 앉았다. 재건은 수저를 직접 집어 건네주며 말을 이었다.

"저는 배가 고프면 꼭 국밥이 가장 먼저 생각나서요. 입에 맞으실지 모르겠지만 한번 드셔보세요."

"전 뭐든지 잘 먹으니까 아마 맛있을 겁니다."

재건이 새우젓에 이어 다진 양념을 숟가락 가득 펐다. 그 광경을 물끄러미 바라보던 린민홍이 물었다.

"괜찮으시겠습니까?"

"저 매운 걸 좋아해서 많이 넣습니다."

"저기, 양념 얘기가 아니라 권 의원 말입니다."

재건은 다진 양념을 제 국그릇에 풀면서 피식 웃었다. 그다지 심각한 사태가 아니라는 듯한 그 표정에 린민홍은 한결 더 걱정이 되었다.

"하 선생님, 잘 아시겠지만 정치인은 무슨 짓을 할지 모르는 사람들입니다. 무슨 억지를 부리면서 선생님의 일에 훼방을 놓을지 모르니 항상 조심하셔야 합니다."

"새겨듣겠습니다."

실상 재건은 두렵지 않았다. 애초에 남에게 트집 잡힐 만한 일은 한 적이 없다는 생각이었다. 추후 성득이 모종의 공격을 해온다고 하더라도 거리낄 것이 없었다.

"그건 그렇고, 린민홍 부장님."

"네, 선생님. 말씀하세요."

"권 대표님께 들었습니다만, 더 브레스에 관한 이야기 말입니다."

"아…… 네."

린민홍이 숟가락을 내려놓고 헛기침을 했다. 적당한 기회를 틈타 말을 꺼낼 예정이었는데 재건이 먼저 '더 브레스'를 들고나온 것이다.

"이렇게 저녁을 같이 먹게 되었으니 더 브레스에 관해 하실 말씀이 있으시면 해주시죠. 권 대표님은 안 계시지만 원작자인 저도 일단 들을 만한 이야기일 것 같은데요."

"알겠습니다."

린민홍이 신중해진 눈빛으로 고개를 끄덕였다. 중요한 순간을 앞둔 그는 갈증을 느꼈다. 한 컵의 냉수를 벌컥벌컥 마시고 난 그의 입이 본론을 토해냈다.

"더 브레스 영화화에 대한 이야기였습니다."

"어느 정도 예상은 하고 있었습니다."

"위저드리 픽처스와 계약을 해주실 수 없을까요?"

재건은 입안에 넣은 깍두기를 우물우물 씹으며 생각에 잠겼다. 미국 영화사 위저드리 픽처스의 존재는 그에게도 익숙했다. 이미 오래전부터 '더 브레스'에 눈독을 들였던 회사니까. 틴센트 픽처스가 할리우드로 진출할 생각으로 위저드리 픽처스에 막대한 금액을 투자했다는 사실도 익히 아는 바였다.

"아직까지 중국은 할리우드의 컴퓨터 그래픽 기술을 따라갈 능력이 없습니다. 무협인 지존록 시리즈와는 달리 더 브레스는 완전히 판타지입니다. 그리고 저희가 투자한 위저드리 픽처스의 기술력은 할리우드에서도 최상위입니다."

마오옌의 의지를 등에 업은 린민홍은 열띤 어조로 설명을 계속했다.

"하 선생님의 좋은 결정을 간절히 바라고 있습니다. 위저드리에 더 브레스를 맡겨주시면 최고의 결과물이 나올 겁니다. 제가 몸담은 회사의 이익만을 위해서 호언과 장담을 남발하고 있는 게 아닙니다. 진심으로 자신 있게 추천해 드릴 수 있는 영화사입니다."

그렇게나 말해놓고서도 불안한 린민홍은 덧붙였다.

"애초에 그런 영화사니까 저희도 믿음을 갖고 투자했던 겁니다."

"잘 알아들었습니다. 잠시 먹으면서 생각 좀 하겠습니다."

"아, 죄송합니다. 식기 전에 어서 식사부터 하시지요."

린민홍이 황급히 숟가락을 들었다. 저녁을 제대로 먹지 못해 배가 고픈 건 그도 마찬가지였다. 한 그릇의 순댓국이 바닥을 드러내기까지는 그다지 오랜 시간이 걸리지 않았다.

"그렇게 하겠습니다."

다 먹고 난 그릇을 옆으로 밀며 재건이 결정을 내렸다. 고개를 치켜든 린민홍의 만면에 금세 환한 미소가 번졌다.

"이렇게 빨리 결정을 내려주시다니. 정말 감사드립니다, 선생님. 절대로 실망하실 일 없을 겁니다."

"감사해야 할 입장은 저죠. 그간 배출한 명작도 헤아릴 수 없이 많은 영화사고, 저로서는 거부할 수 없는 제안이었습니다. 그런데……."

재건이 이해되지 않는다는 표정으로 고개를 갸웃거렸다.

"마오옌 대표님께서는 이 얘기를 가지고 그렇게 고민이 많으셨던 건가요?"

"그게…… 마오옌 대표님은 하 선생님께 뭔가 부탁을 드렸을 때 거절당할 경우를 몹시 두려워하시는 기색이었습니다. 아, 제가 이런 이야기를 했다고 대표님께 말씀하시면 안 됩니다. 비밀 유지 부탁드리겠습니다."

린민홍은 정말로 겁을 집어먹은 듯한 표정이었다. 그게 우스워서 재건은 그만 소리 내어 웃음을 터뜨렸다.

"그러면 마오옌 대표님께 연락을 드리겠습니다. 그리고 최대한 이른 시일 안에 위저드리 픽쳐스 판권 구매 담당자와 일정을 가질 수 있도록 조치하겠습니다."

"죄송하지만 그건 어렵겠습니다."

"네……? 어려우시다니 무슨……."

어안이 벙벙해진 린민홍에게 재건은 웃으며 부탁했다.

"결혼식이 끝나고 난 뒤로 미뤄주시면 안 될까요? 이제 얼마 남지도 않았고 신혼여행도 다녀와야 해서요."

"아아, 네. 저는 또……. 아하하, 알겠습니다. 그리고 결혼식 꼭 참석하겠습니다. 청첩장 주신 거 무척 감사합니다."

"이만 일어날까요? 날도 더운데 어디 근처에서 맥주 한잔 시원하게 하시겠습니까?"

"좋지요, 선생님. 맛있는 저녁 얻어먹었으니 2차는 제가 모시겠습니다."

두 사람은 나란히 밤의 거리로 나섰다. 술집을 찾아 걸음을 내딛는 사이에 린민홍은 재빨리 메시지 한 통을 보냈다.

잠시 후 마오옌의 기뻐하는 답장이 되돌아왔고 린민훙은 주먹을 불끈 쥐었다.

137장
결혼합니다

햇살이 뜨겁게 내리쬐는 정오 무렵.

소미는 방구석의 전신 거울 앞에 서서 제 몸을 이리저리 비춰 보고 있었다. 그녀가 입은 상아색 블라우스와 하늘빛 스커트는 오늘을 위해 구입한 옷이었다.

'이상한 데 없지? 화장이 너무 진한가?'

옷매무새를 점검하고 난 소미는 얼굴까지 꼼꼼하게 살펴본 후 비로소 돌아섰다. 숄더백을 챙기고 구두에 발을 집어넣을 즈음 핸드폰이 울렸다.

"네, 대표님. 이제 출발하려고 신발 신었어요. 늦지 않게 도착할 거예요. 네, 이따 뵐게요."

집을 나선 소미는 즉시 주차된 자신의 차에 올라탔다. 햇

볕에 노출돼 있었던 차 내부는 찌는 듯이 더웠다. 시동을 걸자마자 에어컨부터 켠 다음 핸들을 잡았다. 연이어 내비게이션으로 향한 손가락은 재건의 집 주소를 눌렀다.

'사무실 사람들끼리 뒤풀이할 테니까 차는 부천에 갖다 두면 되겠지? 은영 언니도 있고 봉이도 있으니까 같이 사무실에서 지새도 되겠다. 아니, 일단 상황 봐서 결정해야지.'

차를 달리는 내내 소미의 뇌리에는 온갖 생각이 휘몰아쳤다. 그녀는 의식적으로 끊임없이 생각할 거리를 떠올리고 있는 중이었다. 아무 생각도 하지 않고 있기가 무척이나 힘든 날이기 때문이었다.

비단 오늘만이 아니라 최근 몇 주 내내 그래왔다. 하루에도 수십 번씩 예상치도 못한 사이에 온갖 잡념이 날아들어 소미를 괴롭히곤 했다.

'오늘로 끝이야…….'

소미가 입술을 달싹이며 되뇌었다. 오늘만 지나가면 모든 고통을 잊어버리고 후련해질 것이리라 굳게 믿으면서.

이윽고 차가 재건의 집 앞에 도착했다. 집을 둘러싼 담 주위로 벌써 스무 대에 가까운 차가 주차되어 있었다.

대문 주변을 서성이는 보안 요원들도 꽤나 눈에 띄었다. 소미는 가장 끝자락에 차를 주차한 다음 시동을 끄고 내려섰다.

"안녕하세요. 소미 씨 맞죠?"

지척에서 목소리가 들려왔다. 황망히 고개를 든 소미의 앞에 예슬이 서 있었다. 굵게 말아 늘어뜨린 머리에 분홍색 플레어 원피스 차림이 몹시 잘 어울렸다. 무심코 주눅이 든 소미는 두 눈을 내리깔고 인사를 받았다.

"네, 안녕하세요."

"저랑 거의 비슷하게 도착하셨네요. 아까 큰길에서 들어올 때 제 앞에 소미 씨 차가 가고 있었거든요."

"아아, 네……."

소미가 귀밑머리를 쓸어 넘기며 대꾸했다.

예슬과 무슨 이야기를 해야 할까.

솔직히 갑작스레 말을 걸어온 자체가 당황스러웠다.

"벌써 많이들 오셨네요."

"그러게요."

"재건 오빠는 어디 있나 모르겠네."

"……."

소미는 입을 다문 채 재건의 집 전경을 돌아보았다.

문득 아무렇지도 않게 재건을 오빠라고 부르는 예슬이 부러워졌다. 나도 그럴 수 있었다면 그와의 거리를 더 많이 좁힐 수 있지 않았을까 하는 생각과 함께.

드르륵!

난처하던 차에 구원과도 같은 진동이 가방 속에서 울렸다. 소미는 반갑게 핸드폰을 꺼내 들었다가 입술을 깨물었다. 액정이 떠오른 것은 동해에 살고 있는 어머니의 이름이었다. 평소라면 대뜸 받았겠지만 지금은 망설여졌다. 오늘 어머니가 자신에게 할 말은 어차피 하나뿐이므로.

결국 소미는 마지못해 예슬을 등지고 전화를 받았다.

“응, 엄마.”

–귀여운 우리 딸, 어제 푹 잘 거라고 말해서 아침 일찍 전화 안 했다. 아침은 맛있게 먹었어?

“먹었지, 그럼. 엄마는?”

–엄마도 네 아빠랑 같이 곰치국에 잘 먹었다. 우리 딸은 뭐 해서 먹었어? 라면 같은 걸로 대충 때운 거 아니지?

“반찬 챙겨서 먹었어. 그리고 이제 그러지 좀 마. 내가 애야?”

–애지, 그럼. 넌 서른 되고 마흔 돼도 엄마한테는 평생 애야.

“엄마, 나 지금 일 때문에 어디 좀 왔는데 나중에 다시 전화할게.”

–그래, 알았다. 생일 축하해, 내 딸. 다음 주말에는 꼭 내려와야 해.

“알았어. 그럼 끊을게요.”

핸드폰을 가방에 집어넣는 사이, 탄식과도 같은 한숨이 벌어진 입술 틈으로 새어 나왔다.

태어나서 처음으로 깨달았다. 서로 화합할 수 없는 부류의 기쁨도 있다는 사실을.

오늘은 나의 생일.

그리고 눈부신 그 사람의 결혼식.

멀거니 선 소미는 간밤에 메모장에 썼던 두 줄의 문장을 곱씹었다. 평생토록 따라다닐 기억이 되리라.

코끝이 찡해져 왔다. 눈시울이 붉어지는 것도 눈 부신 햇살 때문만은 아니었다.

'어머나……. 나 왜 이러니, 또.'

결혼식 당일까지 흔들리는 감정이 한심스럽기만 했다. 소미는 티슈를 꺼내 들고 눈가를 조심스레 닦으며 돌아섰다. 여전히 그곳에는 예슬이 서 있었다. 조금 전과는 사뭇 달라진 기색으로.

"예슬 씨……?"

"아, 아무것도 아니에요. 눈에 뭐가 들어갔나 봐요."

예슬이 젖은 두 눈을 문지르고는 머쓱하게 웃었다. 그리고는 화장을 고치겠다는 핑계로 방금 내렸던 자신의 차에 올라탔다.

창문을 채 올리기도 전에 흐느낌이 시작되었고, 소미는 못 본 척 돌아서서 걸음을 내디뎠다.

BIG LIFE

"놓치면 안 돼! 바싹 쫓아! 벌써 냄새 맡은 놈이 한둘이 아닐 거란 말야!"

"그만 좀 닦달해요, 선배. 우리 신문사에서 나보다 운전 잘하는 인간 없는 거 몰라요?"

핸들을 잡은 후배 기자가 툴툴거렸다. 두 사람의 기자는 바로 앞을 달리고 있는 고급 외제차를 추격하는 중이었다. 정확히 짚자면 차 안에 타고 있는 미국의 유명한 영화감독이 표적이었다.

"와, 기삿거리도 없던 차에 생각지도 못한 수확이네. 크리스 놀란이 한국에 오다니. 대체 무슨 일이지?"

"그러게요. 뭐 공식적인 말도 없었고. 그냥 단순하게 여행이라도 온 건 아닐까요?"

"여행을 올 거면 가족이나 애인이랑 왔겠지, 멍청한 자식아. 크리스 놀란이랑 동행한 사람이 틴센트 픽처스 대표 마오옌이라는 걸 잊었어? 어, 신호 뚫렸다. 빨리 출발해. 어떻게든 취재해야 돼."

외제차는 어딘가를 향해 쉬지 않고 달렸다. 미행이 따라붙었다는 사실을 아는지 모르는지 태평한 운행이었다. 두 기자에게는 행운이었다.

"어? 이쪽 길 익숙한데."

"그러게요. 여기가 어디였더라."

폭이 좁아지는 길로 진입할 즈음 두 기자는 고개를 갸웃거렸다. 몇 분을 더 들어가자 저 멀리 커다란 단독주택이 보이기 시작했고, 두 기자는 약속이나 한 것처럼 입을 떡하니 벌렸다.

"여기…… 하재건 작가 집 아니야?"

"저도 방금 생각났어요. 왜, 선배랑 저 몇 번이나 왔었잖아요."

"잠깐만……! 그럼 설마 크리스 놀란이……?"

재건의 집 전경이 점점 더 크게 시야 가득 들어왔다. 그리고 두 기자도 비로소 볼 수 있었다. 재건의 집 주변을 아우르고 있는 수많은 차와 사람들의 행렬을.

"뭐지? 야, 동석아. 오늘 하재건 작가 집에 무슨 일 있는 날이야?"

"글쎄요, 뭐 기사는 나온 거 없는데…… 어?!"

후배 기자가 갑자기 두 눈을 번뜩였다. 눈에 비치는 사람들의 복장을 보고 그들의 목적이 무엇인지 자연스레 깨달았던 것이다. 다급히 뻗은 손은 뒷좌석의 노트북으로 향하고 있었다.

"선배, 부장한테 전화 때려요."

"어? 뭐라고?"

"특종 잡았다고요! 하재건 결혼하잖아요, 지금!"

"뭐? 결혼?"

선배 기자가 핸드폰을 꺼내 들다 말고 소리쳤다. 그와 동시에 몇 달 전 읽었던 기사 전문이 번개처럼 뇌리를 스치고 지나갔다.

"그래, 동석아. 그거, 주간경향 현성범이랑 했던 인터뷰. 대학 동기랑 결혼한다고 했었지? 친지들만 불러서 극비리에 결혼하는 거잖아?"

"뭘 기억을 되뇌고 있어요? 전화나 넣으시라니까."

"걸고 있잖아, 지금! 아, 여보세요? 야야, 현기야. 나 지금 하재건 집 앞이거든? 뭐? 당연히 작가 하재건이지 그 하재건 말고 지금 대한민국에 누가 또 있어! 시끄럽고, 부장이나 바꿔봐! 아, 빨리! 야, 동석아. 사진부터 찍어, 사진! 사진!"

두 기자의 추측은 틀리지 않았다. 오늘 재건의 집은 결혼식장이 되어 있었다. 비밀리에 준비된 소규모의 소박한 결혼식이었다. 크리스 놀란 감독을 미행한 덕분에 얻어낸 뜻밖의 수확이었다.

"어? 저거 뭐야?"

서행하던 후배 기자가 브레이크를 밟았다.

재건의 집 대문 전면의 진입로를 크리스 놀란과 마오옌을 태운 차가 통과한 직후였다. 보안 요원이 여럿 몰려 나와서 바리케이드를 세우고 있었다.

"어떡하죠, 선배?"

"뭐야, 저거? 제멋대로 길을 막아도 되는 거야?"

"하재건 사유지잖아요. 도로는 이쪽으로 나 있고 저기로는 하재건 집 말고 아무것도 없어요."

"야! 우리가 언제부터 취재 대상 입장을 배려했어? 닥치고 돌격해!"

부르릉!

낡은 차가 요란한 소리를 내며 돌진했다. 하지만 기세 좋은 질주는 어쩔 수 없이 바리케이드 앞에서 끝났다.

"아이고, 이거 수고들 하십니다. 하재건 작가님 결혼하시나 봅니다?"

차에서 내린 두 기자가 넉살 좋게 웃으며 말을 붙였다. 입을 다문 보안 요원들의 얼굴은 기계처럼 무표정했다.

"크리스 놀란 감독이랑 마오옌 대표도 오셨던데 뭐 또 영화화 작업 준비하시나 보죠? 아니, 이야. 냄새 좋네. 음식도 직접 준비하시나?"

기자들이 짐짓 코를 킁킁거리며 슬며시 지나치려 했다. 그러기가 무섭게 덩치 좋은 보안 요원이 그 앞을 가로막았다.

"들어가실 수 없습니다. 하재건 선생님 사유지입니다."

"안 들어갑니다. 네? 안 들어가. 아니, 일단 차부터 좀 댑시다. 저기 담벼락 주위로 댈 데 많네."

"차를 대실 게 아니라 여기서 돌리세요."

"아, 요즘 사설 경호 진짜 융통성 없네. 이봐, 우리도 하 작가님 축하해 드리고 싶어서 온 거요. 나 하 작가님하고 친해요. 경황이 없으셔서 청첩장 주시는 걸 깜박하셨나 본데 여기⋯⋯ 어, 내 지갑이."

기자가 지갑을 찾는 척하며 슬그머니 두 요원 사이로 파고들었다.

하지만 또 한 사람의 요원이 철벽처럼 나타나 길을 가로막았다.

"아, 진짜! 좀 지나갑시다, 거 좀! 어어? 이거 안 놔? 지금 폭력 행사하는 거요?!"

"먼저 손댄 건 기자 양반이잖소. CCTV 쫙 깔려 있으니까 수작 부릴 생각 말고 그만 돌아가요."

도저히 방법이 없었다. 차에 올라탄 두 기자는 애꿎은 입술을 씹으며 차를 돌릴 수밖에 없었다. 그렇다고 완전히 떠나려는 것은 당연히 아니었다.

"야, 동석아. 사진 좀 찍었냐?"

"하재건 집 지붕이랑 담벼락 아주 실~ 컷 찍었습니다."

"씨발. 야, 그거라도 일단 내보내자. 기사는 내가 작성한다. 노트북 내놔."

진입로 바깥으로 쫓겨난 차 안에서 두 기자는 부지런히 기사를 준비하기 시작했다.

그 모습을 멀찍이 주시하는 보안 요원들 사이로 한 중년 사내가 모습을 드러냈다. 규백의 심복 배 실장이었다.

"형준아, 기자들 몰려오기 전에 애들 좀 더 데려와야겠다."

"네, 실장님. 얼마나 부를까요?"

"흐음, 글쎄."

배 실장이 땀으로 번들거리는 이마를 문지르며 주변을 한 바퀴 돌아보았다. 재건의 집 크기와 하객의 수를 헤아리고 난 그는 나직이 말했다.

"만사 불여튼튼이라고, 한 100명 더 데려와."

"알겠습니다, 바로 연락하겠습니다."

"오늘은 너한테 좀 맡긴다."

배 실장이 요원의 어깨를 다독여 주고는 돌아섰다. 그에게는 보안보다 더욱 신경 써야 할 규백이 있었다.

'몰래 막걸리라도 드시고 계시면 안 되는데…….'

대문을 통과한 배 실장은 매의 눈으로 주변을 살폈다. 하객들이 정원과 집 안팎 곳곳에 자리를 잡고 삼삼오오 대화를 나누고 있었다. 오래도록 모셔온 규백의 익숙한 모습은 수많은 사람 사이에서도 금세 배 실장의 시야에 포착되었다.

"하하하……."

배 실장은 그만 걸음을 멈추고 웃어버렸다. 다행히도 규백은 혼자가 아니었다. 세상에서 아내 다음으로 두려워하는 존재와 함께하고 있었다.

"아버님, 이 나무 보셨어요? 제가 작년에 와서 묘목을 심었던 건데 벌써 이렇게나 자랐어요."

"그래, 예쁘구나. 근데 너는 안 바쁘니? 내 신경은 쓰지 말고 가서 일 보거라."

"전혀 안 바빠요, 아버님. 음식 준비도 다 끝났는걸요. 근데 조금 전부터 마른 헛기침을 하시는데 혹시 목마르세요? 제가 두유 한 잔 가져다 드릴게요."

재인이 자리에서 몸을 일으켰다. 규백은 안색이 새파랗게 질려서 그녀를 뜯어말렸다.

"아, 아니. 아가야, 두유는 됐다. 너 우리 집에 들어오고 나서 정말 평생 마실 양 다 마셨다."

정말이지 규백은 죽을 맛이었다. 좋아하는 음식을 실컷 먹을 수 있겠다고 얼마나 기대에 부풀어 있었던가.

갈비탕과 잔치국수, 온갖 떡과 전에 이르기까지 명자의 지휘로 손수 만들어진 음식들은 하나같이 군침을 돌게 만들었다.

하지만 완전히 틀려먹었다. 며느리가 지켜보는 한 섭취할 수 있는 음식은 극히 한정되어 있으니까. 그래서 규백은 어떻게든 재인을 떨쳐 내려고 필사적이었다.

바로 그때.

“이봐, 배 실장!”

규백이 지척의 배 실장을 알아보고 반갑게 불렀다. 적어도 배 실장은 막걸리 한 사발을 먹고 싶다고 간청하면 마지못해 반 사발이라도 주는 사람이다. 사발 가득 두유 따위나 채워 주는 악독한 며느리보다는 훨씬 나았다.

부름을 받은 배 실장이 규백 쪽으로 잰걸음을 옮겼다. 마침 두 손에 카메라를 든 한 사내가 코앞을 지나쳐 갔다. 갓 상경한 시골 청년처럼 해맑게 웃으며 사방을 두리번거리고 있었다. 배 실장의 날카로운 시선이 단숨에 그를 좇았다.

“이봐요.”

배 실장이 지나치지 못하고 사내를 불러 세웠다. 돌아본 사내는 순간 배 실장의 굳은 표정과 체구에 압도되어 한 걸음 물러섰다.

“왜, 왜 그러시죠?”

"당신 기자요?"

"네? 아, 저는…… 네, 일단 기자인데…… 아!"

"용케도 들어오셨군."

배 실장이 사내의 손에서 카메라를 빼앗아 들었다. 곧바로 멀찍이 대문 쪽에 선 요원들에게 손짓으로 신호를 보냈다. 요원들이 날랜 걸음으로 가까워 왔다.

"저, 저 청첩장 받아서 온 하객입니다."

"기자라면서?"

"기자는 맞는데 하재건 선생님 초청 받았어요. 주간경향 현성범이라고 정말입니다. 아, 청첩장 가방에 있는데……!"

배 실장 입장에서는 곧이곧대로 들리지 않는 말이었다. 요원들의 손에 성범이 끌려 나가려는 찰나, 그 광경을 알아본 재인이 헐레벌떡 달려왔다.

"배 실장님, 놓아주세요. 저희가 초대한 분이에요."

"아…… 그러셨습니까? 이거 결례했습니다. 죄송하게 됐습니다."

곤혹스러워진 배 실장이 고개를 주억거리며 사과했다. 성범은 재인에게 고개 숙여 감사를 표하고는 뾰로통하게 배 실장을 노려보더니 자리를 떴다.

재인이 그 뒷모습을 바라보며 설명해 주었다.

"주간경향 현성범 기자님이세요. 동생하고 좋은 사이거든요. 실장님도 걱정하시지 마세요. 제멋대로 사진 찍고 기사 내보내고 그럴 분 아니니까요."

"네, 알겠습니다."

성범은 오늘 재건의 결혼식에 참석한 한국 유일의 기자였다.

식이 끝난 뒤 결혼식의 소소한 사진들을 곁들여 기사를 작성하는 일까지도 허락을 받았다. 그에게는 뿌듯하기 짝이 없는 일이었다.

하지만 담벼락 하나를 사이에 둔 바깥의 기자들은 상황이 전혀 달랐다. 진입로에서부터 길이 막혀 버린 두 기자는 발을 동동 구르는 심정으로 기사 초안을 이제 막 올린 참이었다.

[단독-1보, 작가 하재건 자택에서 극비리 결혼식 중]

"동석아, 이거보다 아까 그 사진이 더 낫지 않아?"

"그거나 이거나 둘 다 담장 찍은 건 똑같은데 뭔 차이가 있어요. 하재건이 보여야지. 아씨, 들어가는 샛길 없나 어디?"

속보로 올라간 뉴스는 순식간에 실시간 검색어로 급부상했다.

제대로 찍힌 사진 한 장 곁들이지 못했음에도 불구하고 여파는 강렬했다. 뉴스 밑으로 줄을 이어가던 댓글들은 곧이어 온갖 주요 SNS를 통해 확산되었다.

[님들 속보 봄??? 하재건 오늘 결혼함ㅋㅋㅋㅋㅋㅋㅋㅋ 구라 아니고 자기 집에서 함ㅋㅋㅋㅋㅋㅋ]
[낚시인 줄 알았는데 진짜였네;;; 신부는 원피스녀임? 아니면 당고녀임?]
[원피스녀겠죠. 대학 동기였고 지금은 넥션 팀장이라는 그 여자분…… 진짜 장난 아니게 이쁘시던데, 하재건 부럽 ㅠㅠ]
[사진 올라온 거 봐랔ㅋㅋㅋㅋㅋ 보안 요원이 100명은 그냥 넘는 듯ㅋㅋㅋㅋㅋ 하객보다 많어ㅋㅋㅋㅋㅋㅋㅋㅋ]
[크리스 놀란 감독이 하객으로 참석했다는 게 진짜임??? 진짜면 미친 거 아님? 더 브레스 영화감독 놀란이 하는 각??]
[아무리 생각해도 크리스 놀란은 무리수다. 놀란 감독이 할 일 없냐? 하재건이 미국에서 아무리 떴다고 해도 한국으로 결혼식까지 찾아오게? 제발 개념 장착 좀.]

기어코 '하재건 결혼식'이란 키워드가 실시간 검색어 1위를 차지할 즈음 본격적인 결혼식이 시작되었다.

재건이 존경하는 교수 혜선이 주례를 맡았고 사회자는 도준이었다. 채린과 유나는 축가를 앞두고 목을 다듬느라 여념이 없었다. 시끄러운 바깥세상과 달리 재건과 수희의 작은 결혼식은 안정적으로 진행되고 있었다.

BIG LIFE

[……시청자 여러분, 제 어깨 뒤 저 멀리 집이 보이십니까? 하재건 작가의 자택인데요. 바로 지금이요, 저 집 안에서 하재건 작가의 결혼식이 이루어지고 있습니다.]

이제 막 전원을 켠 TV에서 재건의 결혼식 생중계가 흘러나왔다. 소파에 축 늘어져 있던 성득이 두 눈을 번득이며 상체를 일으켰다.

[……비밀리에 시작된 이 결혼식은 하재건 작가 측과 신부 측의 일부 친지만이 참석한 것으로 보입니다. 하객들의 신원에 대해서는 아직까지 상세한 정보를 알 수가 없습니다만, 영국 출신으로 할리우드에서 대성공을 거둔 유명 감독 크리스 놀란이 결혼식에 참석한 것으로 보여 화제가 되고 있습니다. 크리스 놀란은 히어로물 배트킹 3부작으로 국내에서도 굉장히 유명한 감독인데요. 어째서 놀란이 하재건 작가의 결혼식에 참석…….]

팟!

성득이 TV를 꺼버리고 리모컨을 내던졌다. 벽에 부딪혔다가 떨어진 리모컨은 박살이 나면서 속에 품었던 배터리를 뱉어냈다.

"아직 멀었어?!"

"죄송합니다, 의원님. 지금 계속 전화를 넣어보는 중입니다."

애꿎은 호통을 들은 보좌관이 고개를 조아렸다.

성득은 재떨이에 침을 퉤 뱉고는 담배 한 개비를 입에 물었다. 심기가 불편하다 못해 정신이 돌아버릴 지경이다. 자신에게 한껏 모욕을 안겨준 애송이가 팔자 좋게 결혼식이나 올리고 있는 것이다.

성득을 더욱 화나게 하는 요소는 또 하나 있었다. 그날의 사건 이후 린민홍 측과 도무지 연락이 되지 않는 것이다. 보좌관을 시켜 아무리 전화를 걸어도 비서의 메마른 목소리만 돌아올 뿐이었다.

"안 받는 거야 뭐야!"

성득이 피우던 담배를 비벼 끄고는 다시금 버럭 소리쳤다.

핸드폰을 잡고 선 보좌관은 울상이 되어 아무런 대답도 하지 못했다. 속된 말로 '새 됐다'는 표현밖에 떠오르지 않았지만 그런 말을 자기가 모시는 의원에게 할 수는 없는 노릇 아닌가.

"끄으으으……!"

어찌나 세게 이를 악물었는지 성득이 재작년에 박은 임플란트 어금니가 헛돌았다. 손가락을 넣어 바로 끼우자마자 그는 벌떡 일어섰다.

"내가 이대로 넘어갈 줄 알고! 내로라하는 대기업 회장들도 무서워하는 게 우리네 정치인들이야! 건방진 애송이 같으니! 내 사회의 쓴맛을 톡톡히 알게 해주지!"

성질대로 퍼부으면서도 사실 뾰족한 대책은 없었다. 일단 하재건은 대기업에 다니는 직원도 아니고 작가다. 약점이 있어야 건드릴 수 있을 텐데 쉽지 않았다.

그러나 잠시 후.

"그래, 털어서 먼지 안 나는 놈 없지……."

성득이 한껏 가늘어진 두 눈으로 허공을 훑으며 중얼거렸다. 결정을 굳히자마자 그는 보좌관을 돌아보고 명령했다.

"하재건 데뷔작 출판사부터 전부 자료 정리해 와."

BIG LIFE

"고맙습니다, 매형. 신경 써주신 덕분에 번거로운 일 없이 편안하게 식 치를 수 있었어요."

"그런 말 하지 마. 처남 결혼식인데 이 정도는 기본으로

해 줘야지."

규호가 웃으며 재건의 어깨를 다독였다.

결혼식을 마치고 단체 사진 촬영도 끝을 맺은 시점이었다. 재건과 수희는 식사하는 하객들 틈바구니를 분주히 오가며 인사를 나누고 있었다. 정원만으로는 부족해서 집 안 거실과 주방에도 식사할 공간을 마련해 두었다.

"많이 드세요, 매형. 누나도 많이 먹고."

"알았어, 재건아. 너 오늘 정말 멋있는 거 알지?"

"그럼, 누가 골라준 예복인데 안 멋있을까."

재건이 웃으며 말을 받고는 돌아섰다. 때마침 거실 소파에 나란히 앉은 세 사람이 시야에 들어왔다. 린민홍, 마오옌, 그리고 감독 크리스 놀란이었다. 그들을 물끄러미 바라본 끝에 재건은 수희에게 말했다.

"수희야, 나 잠깐 마오옌 대표님 좀 뵙고 올게."

"아까 인사드렸잖아?"

"감독님 때문에. 결혼식까지 오셨는데 조금은 이야기를 더 해둬야 할 것 같아서."

"그래, 그렇겠다. 천천히 얘기하고 와. 어차피 인사도 다 끝났고, 나도 정진이랑 효진이 좀 본 다음에 어머님, 아버님이랑 같이 있을게."

"알았어, 오래 안 걸릴 거야."

수희와 떨어진 재건이 잰걸음을 쳤다. 채 다가가기도 전에 재건을 알아본 세 사람이 웃는 얼굴로 일어서며 맞았다. 마오옌의 인사를 린민훙이 통역해서 전달했다.

"초대해 주셔서 정말 감사하다고 하십니다. 아까는 하 선생님께서 너무 바쁘신 것 같아 말씀을 못 드렸다고요."

"아닙니다. 이렇게 결혼식에 참석해 주셔서 무척 기쁘고 감사드립니다. 마오옌 대표님과 린민훙 부장님은 당연하고……."

재건의 시선이 크리스 놀란에게로 옮겨갔다.

"크리스 놀란 감독님도 무척 고맙습니다. 진심으로 열렬한 팬입니다. 학창 시절부터 감독님 작품들 무척 좋아했는데 제 결혼식에 하객으로 와주시다니. 평생의 자랑이 될 겁니다."

놀란 측의 통역사가 재건의 말을 전해주었다. 듣고 난 놀란은 제 목을 붙잡더니 껌벅 죽는 시늉을 하는 것으로 감격을 표시했다. 그러더니 웃으면서 질문을 해왔다.

"놀란 감독님이 자신의 영화 중 어떤 것을 가장 좋아하시는지 궁금하다고 하시는데요?"

"도저히 손에 못 꼽습니다."

재건은 당황스럽다는 듯이 손사래까지 쳐 보였다. 몸짓이 다소 과장되었다고 해도 대답 자체는 전혀 거짓이 아니었다.

오래전부터 놀란을 대단한 감독이라고 존경해 온 터였다.

재건이 손가락을 하나씩 꼽아가며 말을 이었다.

"더 메멘토, 더 인셉션, 그리고 배트킹 3부작은 말할 것도 없고요. 특히 감독님의 존재를 처음 인지하게 된 건 더 메멘토 때문이었죠. 10분 이상을 기억하지 못하는 단기 기억상실증 환자가 범인을 찾아가는 그 과정이란 진짜……!"

재건이 잠시 말을 멈추고 허공 한가운데로 탄성의 숨결을 내뿜었다. 그사이에 통역사가 말을 전해주었고 놀란의 얼굴은 미소로 환해졌다.

"정말 수십 번을 봐도 좋은 영화입니다. 탄탄한 시나리오와 기가 막힌 연출력이 만나서 제대로 폭발했다고 생각해요. 지금 제 서재에도 블루레이 디스크로 있어요. 원하시면 당장에라도 상영회 시작할 수 있습니다. 지금 올라가시겠어요?"

재건의 너스레에 모두가 웃음을 터뜨렸다. 웃음이 잦아들 즈음 놀란이 먼저 입을 열었다.

"더 브레스 작가 한 사람의 극찬이 수천만 관객의 호평만큼이나 마음을 울린다고 하십니다. 진심으로 재미있게 읽었고, 하루빨리 2부가 나와서 에드워드와 드래곤의 활약상을 더 지켜볼 수 있기를 고대하고 있다고 하십니다."

"달리 쓰고 있는 글이 하나 있어서요. 아직 더 브레스 2부는 구상안도 제대로 마련해 두지 못한 상태입니다. 그래도 놀란 감독님이 이렇게까지 말씀해 주시니 없던 힘도 생겨나는 기분이네요."

재건의 말을 전해 들은 놀란이 말을 이었다.

바로 그때, 곁에서 듣고 있던 마오옌과 린민홍이 거의 동시에 두 눈을 빛냈다. 뒤이어 린민홍이 통역사 대신 영어로 뭔가를 말했고, 놀란은 고개를 끄덕였다.

'무슨 얘기를 한 거지?'

말하는 속도가 너무 빨라서 재건은 알아듣지도 못했다.

수희처럼 출중한 영어 실력이 있다면 얼마나 편할까.

글 쓰는 일 이외에는 공부에 소홀했던 과거를 탓하고 있으려니 린민홍이 넌지시 말을 꺼냈다.

"더 브레스 말입니다, 하 선생님. 아, 그런데 결혼하신 날에 너무 얘기가 길어지는 것 같아서……."

"아직 괜찮습니다. 말씀하세요."

"놀란 감독님이 더 브레스를 꼭 연출하시고 싶어 하십니다. 위저드리 측과도 이미 판권 계약이 성사되면 그렇게 하자고 얘기가 끝난 상태입니다."

"아……."

재건이 입이 살며시 벌어졌다. 일찌감치 기미를 느끼고 있었지만 그것과는 별개의 문제였다. 예상이 실현된 순간의 감격은 남달랐다.

"그래서 놀란 감독님은 자신이 연출을 맡는 것에 대해 원작자의 견해도 듣고 싶……."

"감사합니다."

"네?"

"할리우드에서 만들어지는 더 브레스 영화를 놀란 감독님께서 맡아주시겠다니요. 잘 부탁드리겠습니다."

한국도 그렇지만 미국의 영화 제작 구조는 더더욱 원작자가 개입하기 어려운 구조다. 그래서 재건은 위저드리 픽처스와 계약을 하게 되면 감독을 비롯한 제작진에 대해서는 완전히 손을 놓을 각오를 하고 있었다. 지난날 패러마운틴 영화사에 판권을 판매한 '겨자 목욕탕'과 마찬가지로.

그런데 감독이 놀란이라니. 연출뿐만 아니라 각본 능력까지 출중한 할리우드의 거물 감독이 결혼식까지 찾아와 영화를 맡겨주기를 자청하고 있는 것이다.

더 이상 무슨 걱정을 할 수 있을까.

재건은 굳이 자신의 견해를 물어봐 준 거물 감독의 마음이 고마워서 가슴이 뭉클해질 지경이었다.

"린민홍 부장님, 저 펜 있습니다."

"네? 무슨 말씀이신지……?"

"결정 나버렸는데 지금 이 자리에서 당장 계약하시죠. 유진 씨랑 권 대표님도 여기 어디 계실 텐데 제가 모셔올게요."

비로소 농담이란 걸 깨달은 모두의 얼굴에서 다시 한번 환한 웃음꽃이 피었다.

원작자로서 지존록 시리즈에 이어 '더 브레스' 영화화도 완전히 마음을 놓을 수 있게 됐다.

재건은 고개를 들고 창밖 너머를 바라보았다. 이제 저 푸른 하늘을 가르며 신혼여행을 다녀올 일만 남았다.

138장

거리낄 것이 없습니다

[결혼식 마친 하재건, 신혼여행 출국 현장 포착]

[기내에서 올라온 SNS, '축하해 주신 모든 여러분께 진심으로 감사드린다']

[할리우드 거물 크리스 놀란 감독 하재건 결혼식 참석 사실로 판명, 방문 목적은 '노코멘트']

[하재건 작가의 미친 인맥, 결혼식장 나서는 남규백 회장의 모습, 곁에 선 며느리는 하재건의 친누나]

재건에 관한 기사는 줄기차게 이어져 인터넷 세상을 뜨겁게 달궜다. 9박 10일간의 신혼여행을 마치고 돌아온 이후에도 여전히 그의 결혼식이 화제의 한가운데에 자리매김하고 있을 정도였다.

찌는 듯한 폭염이 계속되는 여름의 한낮.

도준은 인스턴트커피 광고 촬영 현장에서 휴식하던 도중 전화를 받았다.

"어, 푹 잤어? 나도 이틀 동안 정신이 없어서 통화도 못 하고 이제야 물어보네. 신혼여행은 좋았어? 우주 대스타 선물도 잔뜩 사 왔고? 뭐? 야, 그런 이상한 옷은 너나 입어. 제대로 된 선물 없는 거야? 거짓말하지 말고. 뭐? 진짜 너무하는 거 아니냐? 내가 지금까지 너한테 선물한 게 얼만데?"

핸드폰을 붙잡은 도준의 얼굴에서 웃음이 그치지 않는다. 근방에 서 있던 스태프들이 그 모습을 보고 묘한 표정을 지었다. 조금 전까지만 해도 계속되는 NG 때문에 불쾌한 기색이 역력해 있었으니까.

"누구랑 통화하길래 저렇게 좋아한대?"

"신혼여행 말 나오는 거 보니 하재건 작가님인가 봐."

"둘이 엄청 친하다면서?"

"통화하는 거 봐, 완전 애인이랑 얘기하는 거 같잖아."

이윽고 도준이 전화를 끊고 돌아섰다. 쑥덕거리던 스태프들은 일시에 입을 다물고 각자의 방향으로 걸음을 옮겼다.

"도준 씨, 슬슬 시작해도 괜찮으시죠?"

"네, 준비됐습니다."

재개된 촬영은 아까 전보다 훨씬 수월해졌다. 도준은 한결 자연스러워진 미소로 촬영에 임했고 얼마 안 가 오케이 사인을 받아냈다.

“야, 도준아. 작업 끝났냐?”

작업이 끝나기가 무섭게 태봉이 나타났다. 도준은 땀을 훔친 타월을 옆 의자에 팽개치고는 핀잔을 던졌다.

“매니저란 사람이 어딜 갔다 이제야 돌아오는 건데?”

“배탈 나서 화장실 가느라 고작 15분 비웠다. 이거 다 너 때문이야. 네가 준 요구르트 아무래도 이상했어. 여하튼 빨리 가자. 생방송 늦겠다.”

도준과 태봉을 태운 차가 현장을 떠났다.

다음 목적지인 방송국으로 향하는 사이, 재건에 관한 새로운 속보가 인터넷에 떠올랐다.

이동하는 차에서나마 잠시 눈을 붙이느라고 도준은 이 속보를 접하지 못했다. 생방송을 앞둔 그에게는 차라리 다행스러운 일이었다.

좋은 기사는 결코 아니었으니까.

BIG LIFE

[……국세청이 하재건 작가를 상대로 세무조사에 착수했

다는 소식이 알려져 논란이 되고 있습니다. 얼마 전 결혼식을 마치고 신혼여행을 다녀온 하재건 작가에게는 이게 웬 날벼락인가 싶은 일일 만도 하겠는데요. 최 기자님, 한 말씀 해주시죠.]

[예, 지금 저에게 들어오고 있는 얘기들을 종합해 보면요. 일단 이 조사2국에서 세무조사가 사전 예고도 전혀 없이 이뤄졌고요. 기업이 아닌 특정 개인을 대상으로 한 세무조사는 상당히 이례적인 경우라고 볼 수 있거든요?]

[아무래도 그렇겠지요. 탈세라든가 비자금 조성 등의 불법적인 행위에 관한 의혹이 보일 때 행하는 것이 이 세무조사 아닙니까? 제대로 공개되지 않은 세무 당국의 어떠한 내부적 기준이 작용한 걸까요?]

[아직까지 제대로 확인된 바는 없고요. 어디서 먼저 신고가 들어온 게 아니라면 세무조사 대상으로 선정이 됐다는 건데, 하재건 작가가 돈을 많이 벌기는 했지만 단순히 고소득자라고 선정이 되는 건 아니거든요? 사실 이게 참 진행이 기묘합니다. 시기도 마치 하재건이가, 아, 죄송합니다. 하재건 작가님이 귀국하길 벼르고 있었다는 듯한 모양새거든요?]

"이게 뭔 개소리들이지……?"

민호가 TV를 뚫어져라 쳐다보며 중얼거렸다. 옆에서 우유에 시리얼을 말아먹고 있던 은영은 손에서 숟가락을 놓친 지 한참이었다.

"민호 형, 이거 생방송이잖아?"

"어, 생방송 맞아."

"아까 오전에도 하 작가님이랑 통화하지 않았어? 이런 얘기 전혀 없으셨잖아?"

"일부러 얘기 안 하신 거겠지. 우리가 걱정할까 봐."

민호는 목젖이 타들어 가는 기분이었다.

재건이 탈세와 거리가 먼 사람이라는 것쯤은 당연히 알고 있다. 하지만 선동과 날조가 난무하는 인터넷 세상에서 과연 그의 떳떳함이 얼마나 힘을 발휘할 수 있을까.

"세무조사 들어갔다는 얘기만으로도 충분히 사람들은 이상하게 볼 텐데. 뒤가 구린 데가 있으니까 조사하는 거 아니냐고 다들 얼마나 떠들까."

"일단 전화 좀 해봐야겠어."

민호가 소파 옆을 손으로 더듬어 핸드폰을 집었다. 재건에게 바로 전화를 거니 통화 중이라는 안내 음성이 되돌아왔다. 잠시 시간을 들였다가 다시 걸어도 마찬가지였다.

"계속 통화 중이신데."

"그렇겠지, 이제 막 뉴스가 떴는데…… 어?!"

TV를 보던 은영이 짧은 신음을 터뜨렸다. 화면 아래를 지나가는 한 줄의 문구를 본 참이었다. 그녀는 바로 자신의 핸드폰을 꺼내 인터넷에 접속했다.

"민호 형, 이거 봐."

민호가 은영의 핸드폰으로 눈을 들이밀었다. 이제 막 올라온 재건의 입장 전문이 화면 가득 떠오르고 있었다.

[저에 대한 세무조사가 진행되고 있다는 속보를 조금 전 접했습니다. 이것은 사실입니다. 마치 결혼 선물처럼 신혼여행에서 돌아오자마자 찾아왔어요. 괜한 억측이 확산될 우려가 있어 말을 아끼고 있었는데 이렇게 되니 저도 입장을 밝힙니다. 저는 거리낄 것이 없습니다. 따라서 지금 이 시간에도 아주 마음 편안히 글을 쓰고 있습니다. 모든 분께 약속드립니다. 저는 단 1원도 탈세한 적이 없는 사람입니다.]

"와, 대처 빠르신데?"

"그러게. 잘하신 거지. 하 작가님이 이 일로 너무 속상해하시지 말아야 할 텐데."

민호와 은영이 동시에 한숨을 내뱉았다.

TV의 앵커와 패널들은 방금 올라온 재건의 입장 전문을 주제로 삼아 열띤 대화를 이어가는 중이었다.

'세상에……!'

성득의 보좌관은 어처구니가 없어 할 말을 잃었다. 방금 통화를 마친 조사국 담당자의 말이 그의 귓가를 맴돌고 있었다.

"깨끗해요. 털어보려고 쌍심지를 켜도 털 데가 없어요. 작년부터 올해까지 신용카드로 쓴 1억도 그거, 거의 다 사무실 작가들 밥 사주고, 작업에 필요한 집기들 사주고 그런 데다 쓴 게 전부더라니까요. 래프북스도 마찬가지고요."

'그렇게 돈을 많이 번 인간이 아무리 털어도 먼지 한 점 안 나온다는 게 말이 돼?'

따지자면 말이 안 되는 일은 아니다. 5,000만 명이 넘어가는 대한민국 인구 중에 양심을 갖고 살아가는 사람이 어디 한둘이겠는가.

다만 이제껏 보좌관 주변에는 그런 사람이 없었다는 게 문제일 뿐이었다. 모시고 있는 국회의원부터가 보좌관의 월급을 제멋대로 횡령해서 사용하는 남다른 인격의 소유자인 것이다.

드르륵!

"이크!"

보좌관은 고작 핸드폰 진동에 기겁을 하고 몸을 떨었다. 불길한 예상은 맞아떨어졌다. 액정에 떠오른 것은 권성득의 이름 세 글자였다.

"네, 네. 의원님."

–어떻게 됐어?

"그게…… 하자가 전혀 없답니다."

–그게 말이 돼! 그놈들은 조사를 어떻게 한 거야!

대뜸 떨어지는 호통에 보좌관은 귀청이 나갈 것 같았다.

언제나 이런 식이었다. 원하는 답이 나오지 않으면 사태의 옳고 그름과 관계없이 노발대발하는 성득이다. 보좌관도 그러한 습성에 이미 질릴 대로 질려 있었다.

어쨌든 침묵하고만 있을 수는 없는 노릇이라 보좌관은 진땀을 흘리며 떨리는 목소리로 말을 이었다.

"조사 대상이 말입니다. 하재건이 초기 작품들 출간했던 출판사들로 옮겨갔다고 합니다. 해태미디어와 스타북스라고…… 오히려 업체들 쪽에 문제가 많았던 모양입니다."

–너는 뭐 쓸데없는 소릴 계속 지껄이고 있어?! 그건 하재건 흠이 아니라 출판사 잘못이잖아!

"죄, 죄송합니다……! 죄송합니다, 의원님!"

보좌관은 텅 빈 허공에 대고 거듭 허리를 숙이며 잘못을 빌었다. 없는 잘못이라도 만들어 빌어야만 하는 게 그의 소임이니까.

그로부터 일주일 후, 이제 막 사무실로 출근한 해태미디어 마종구 실장은 대표실이 박살 나는 굉음을 들을 수 있었다.

창백한 안색이었으나 예상했기에 놀라지는 않았다. 그저 회사가 망한 뒤 과연 이직이나 할 수 있을지가 근심스러울 뿐이었다.

BIG LIFE

―아이고, 하재건 선생님 아니십니까. 이렇게 연락을 다 주시고 무척 놀랐습니다.

"안녕하세요. 배 CP님도 별고 없으셨지요? 늦게 연락 드려서 죄송합니다. 요즘 주변에 일이 조금 많아서 경황이 없었습니다."

―당연히 그러실 만도 하죠. 글 쓰시는 일만도 바쁘실 텐데 결혼식도 올리셨고, 최근에 또…….

배 CP가 문득 말을 얼버무렸다. 반사적으로 재건이 세무조사를 받은 건에 대해 언급하려던 찰나였다.

—아하하, 아무튼 죄송하다니요. 그런 말씀 마십시오, 선생님.

"이해해 주셔서 고맙습니다. CP님께서 보내주신 메일을 이제야 읽었어요. 그리고 바로 전화드린 겁니다."

그렇게 대답하는 재건의 두 눈은 모니터 화면 속 메일 전문을 되새기고 있었다.

"제안하신 대로 하고 싶습니다."

—정말이십니까?!

"그간 집필에만 집중하고 있어서 고사해 왔던 건데, 지금은 배 CP님의 호의를 받아들여야 할 시점인 것 같습니다."

—정말 감사합니다. 하재건 선생님, 이 은혜 결코 잊지 않을 겁니다. 정말로 감사합니다.

바로 그때, 현관 너머에서 초인종 소리가 울렸다. 재건은 핸드폰을 귀에 댄 채로 서재를 나서며 말을 이었다.

"죄송하지만 손님이 찾아온 것 같아서 이만 끊어야 할 것 같습니다."

—아닙니다, 선생님. 그럼 논의 끝내고 PD 배정하는 대로 다시 연락드리겠습니다. 조만간 맛있는 식사 한번 하시지요.

"알겠습니다, 연락 기다리고 있겠습니다."

전화를 끊은 재건은 잰걸음으로 현관을 나섰다. 대문을 통과한 도준이 정원을 가로질러 가까워 오고 있었다. 넓은 보폭으로 빠르게 걷는 그의 얼굴은 화가 잔뜩 난 기색이었다.

코앞까지 다가온 도준에게 재건이 물었다.

"무슨 일 있었어?"

"일은 내가 아니라 너한테 있겠지."

"내가 뭘?"

"더우니까 들어가서 얘기해."

두 사람이 차가운 커피를 한 잔씩 들고 주방에 마주 앉았다. 냉장고 위에 웅크리고 있던 눈솔이 은근한 시선으로 내려다보는 가운데, 도준은 입을 열었다.

"뭐 하고 있었냐?"

"글쟁이가 글 쓰고 있었지."

"이 판국에 글이 써지냐?"

"잘만 써지는데 왜."

재건이 천연덕스럽게 대꾸했다.

도준은 와이셔츠 윗단추를 풀고는 답답한 한숨을 푹 내쉬었다.

"재건아, 너 예전에 백송예술대상 때 기억나? 차 끌고 주차장 들어가다 제지당했을 때 내가 비슷한 취지의 말을 좀 했던 것 같은데."

"무슨 말 하려는지 알겠어."

"이런 건 조용히 넘어갈 일이 아냐. 너 혼자 떳떳하니까 괜찮다고 끝날 일이 아니라고."

"저기, 도준아."

"내 말부터 들어봐."

도준이 손을 내저으며 재건의 말을 가로막았다. 그러고는 속에 한가득 쌓여 있었던 말을 줄줄이 쏟아냈다.

"너 혼자만의 문제가 아니잖아. 인터넷 들어가서 사람들 말하는 거 봤어? 네가 괜히 세무조사를 받았을 리 없다고 수군거리는 사람이 한둘이 아니야. 물론 아무런 문제도 없이 조사는 끝났지. 그리고 너의 결백도 증명됐어. 여기에 대한 기사도 나갔고. 하지만 이 결과를 과연 사람들이 얼마나 알아줄까? 여자 연예인들 스캔들 한 번 나면 사람들은 죄다 거기에만 관심 가져. 헛소문으로 판명이 나더라도 거기까지는 알아주지도 않는다고."

재건은 미간을 잔뜩 좁힌 채로 쓰게 웃고만 있었다. 도준의 말이 몹시 빨라서 좀처럼 끼어들 틈이 없는 것이다.

"방송 한번 나가서 수습해."

"도준아……."

"태봉이 형한테 부탁해서 괜찮은 프로그램 잡아줄게. 네 성격에 썩 맞진 않겠지만 나가서 소소하게 근황 좀 얘기하고 세무조사 건에 대해서도 확실히 말해."

"말 끊어서 미안한데 나도 얘기 좀 하자."

가까스로 재건이 기회를 잡았다. 뚱한 표정으로 쳐다보는 도준에게 그는 결론부터 말했다.

"안 그래도 힐링텐트 출연하기로 했어."

"힐링텐트……?"

도준의 두 눈이 확대되었다. '힐링텐트'는 MBS의 유명 토크쇼 프로그램이다. 주 1회 방영으로 연예인뿐만 아니라 다양한 직업에 종사하는 사회 각계의 유명 인사들도 초대된다. 편안하면서도 맛깔스러운 진행으로 정평이 난 이 프로그램은 평균 시청률이 19%에 육박할 만큼 인기가 높았다.

"정말이야……?"

도준이 믿지 못하겠다는 듯이 확인하듯 물었다. '힐링텐트' 때문에 놀란 것이 아니다. 재건이 스스로 방송에 출연할 결심을 했다는 것이 못내 신기할 따름이었다.

"드라마국 배 CP님이 자주 전화 주셨거든. 더 브레스도 해외에서 흥행하고 있는데 한번 나와서 근황이라도 들려줬으면 좋겠다고. 마침 시기도 좋아서 수락했지."

"그걸 왜 이제야 얘기해?"

"아까부터 말하려고 했어. 네가 말할 기회나 줬어?"

"아무튼 잘 결정했다."

도준이 재건의 어깨를 다독였다. 얼굴은 특유의 심드렁한 표정이 아닌 환한 미소를 짓고 있었다.

"근데 이거 말이 안 되는 거 같다."

"뭐가?"

"네가 자처해서 방송에 나가려고 마음먹고 있었다는 게 웃기잖아. 원래대로라면 내가 열렬히 설득하고 너는 내키지는 않지만 마지못해 수락하는 게 이치에 맞는 그림 아니냐?"

도준이 재건의 어깨를 툭 때리며 덧붙였다.

"하재건, 지금 캐릭터가 붕괴됐어."

"그런가."

재건이 웃으며 고개를 주억거렸다.

확실히 도준의 말이 옳았다. 예전의 자신이었다면 사람들이 뭐라고 떠들건 말건 묵묵히 글이나 쓰고 있었을지도 모른다. 잘못한 것도 없고 떳떳하니까. 어찌 되든 시간이 흐르면 결백은 증명될 테니까.

"결혼하고 나니까 나서야 할 땐 적극적으로 나서야겠다는 생각이 들더라고. 나만 괜찮다고 될 일이 아니잖아."

도준이 고개를 뒤로 젖히고 하품을 했다.

"결국 수희 씨 덕이란 얘기네. 또 와이프 자랑이 시작되겠군. 귀에 딱지가 쌓이도록 들었으니까 더 말하지 마라."

"네가 채린이 얘기하는 거랑 비교하면 난 수희 얘기 10분의 1도 안 했어."

"억지 그만 부리고 빨리 짜장면이나 시켜줘. 배고파. 그리고 현대지존록 시나리오 초고 쓰기 시작했다면서? 그것도 빨리 보여주고."

"힐센트에 통과되고 나면 봐."

"와, 이렇게 치사할 수가. 하재건 뜨고 나니 완전히 변했구만. 너 오늘 내가 트위터에 뭐라고 욕하나 두고 봐라."

"하지 마. 간짜장에다 탕수육도 시켜줄게."

툴툴거리며 거실로 나서는 도준을 재건이 다급히 쫓았다.

커튼 사이를 비집고 들어오는 햇살이 약해지기 시작했다. 두 사람의 마음만큼이나 평안한 하루가 흘러가고 있었다.

BIG LIFE

['힐링텐트' 하재건 출연, 시청률 27.8% 역대 최고 기록]

[세무조사 때문에 들통나 버린 하재건의 치부(?), 온갖 자선단체에 기부해 온 금액만 수십억 단위]

[오랜 침묵 깨고 얼굴 비친 하재건, '더 브레스와 지존록 시리즈 영화화 작업 차분하게 진행 중. 아직은 논의 단계']

방송은 대성공이었다. 30%에 가까운 경이로운 시청률 앞에서 배 CP는 물론이고 제작을 맡은 PD와 스태프들마저 기겁을 금치 못했다.

시기가 확실히 좋기는 했다. 해외에서 대박을 터뜨린 '더 브레스-드래곤 라이더'와 최근 있었던 결혼식, 그리고 세무조사 사건까지 더해져 세간의 관심이 최고조에 달해 있었으니까. 하지만 아무리 그렇다고 하더라도 이토록 엄청난 결과는 재건 본인도 전혀 예상하지 못한 바였다.

덕분에 부천의 사무실 작가들도 비로소 한시름을 놓고 있었다.

"야, 이연우. 넌 어제 본방 봐놓고 또 보냐?"

"재건이 형이잖아요. 다시 봐도 재밌어요."

방송이 끝난 뒤에도 영상은 인터넷을 타고 천지사방으로 확산되었다. 독자의 손길로 영문 자막이 달린 영상은 고작 하루 만에 5,000만 이상의 조회 수를 기록했다. 영상 아래로는 시청자들의 댓글이 끝도 없이 이어졌다.

-세무조사의 역기능(?)이라고 해야 하나. 탈세를 입증하려다 기부 내역만 잔뜩……. 갓재건 인정합니다.

-하재건 작가님 정말 대단하세요. 대부분 기부하면 티를 내는 법인데 지금껏 저렇게 많은 돈을 기부하면서 철저하게 숨겨왔다니. 세무조사 안 했으면 평생 비밀로 하셨을 듯.

-방송 보고 얼마나 마음고생 심하셨을까 생각하니 저도 모르게 눈물이 나더라고요. 아름다운 아내랑 행복하게 잘 사셨으

면 좋겠어요.

–겁나 웃기네, 진짜ㅋㅋㅋㅋㅋ 털어보려고 세무조사 들어갔다가 나온 게 불우이웃 기부 내역이라니ㅋㅋㅋㅋㅋ 어어엌ㅋㅋㅋㅋㅋㅋㅋ

–털어서 먼지 안 나는 사람 없다는 얘긴 잘못된 거였구나…….

–이 와중에 하재건 주간경향 설문 결혼하고 싶은 남자에서 1위. 이제 품절남인데;;;;;;ㅠㅠㅠㅠㅠㅠ(오와 열)

–하재건 와이프 진짜 이쁘네;;;; 저 얼굴이 서른이라니. 객관적으로도 대한민국 미모 상위 0.1퍼 안에 들 것 같음.

ㄴ배우 홍예슬도 인터뷰에서 말한 적 있더라고요. 실제로 봤는데 너무 예뻐서 자기 얼굴로는 명함도 못 내밀겠더라고. 홍예슬도 무척 예쁘지만 그만큼 대단한 미모란 거겠죠?

–이거 방송 보고 느낀 건데 국세청에서 하재건 띄워주려고 일부러 세무조사 한 건가요? 저는 평생 하 작가님 독자로 살아가렵니다.

궁정적인 반응은 폭발적으로 계속되었다.

성득의 음흉한 의도를 품고 이뤄진 세무조사는 재건의 입지를 더욱 굳건히 다지고 명예를 드높여 주는 계기만 됐다.

"어? 이게 무슨 소리야?"

"왜 그래요, 봉이 씨?"

"아니요, 해태미디어에서 메일이 왔는데요. 출판권을 돌려주겠다고 하는데 갑자기 왜 이러는지 모르겠어서요."

봉이의 말을 들은 작가들이 서로의 얼굴을 멍하니 돌아보았다. 자처해서 출판권을 되돌려 주겠다니. 해태미디어에 무슨 일이라도 생긴 걸까?

"뭐 미안해서 그런 건가? 어찌 됐든 저야 되돌려 받으니 좋죠. 이거 래프북스랑 다시 계약해야지, 히힛."

봉이가 기지개를 켜며 쿡쿡 웃었다. 그것으로 해태미디어에 관한 일은 작가들의 관심에서 사라졌다. 점심을 먹으러 나가는 길까지 그들은 재건에 관한 이야기를 나누느라 여념이 없었다.

139장

악의에 빠져든다

"끝났어, 리카!"

"야옹!"

키보드에서 손을 놓은 재건이 의자를 빙글 돌려 앉았다. '사람의 악의' 초고가 완성된 순간이었다. 침대에 웅크리고 있던 리카가 그의 무릎 위로 뛰어올랐다.

"자, 편집장님한테도 보내드렸으니 이제 선배님 뵈러 가자. 빨리 가서 보여드려야지."

재건은 프린터로 출력한 원고에 클립을 끼워 챙겨 들고 집을 나섰다. 리카와 눈솔이 나란히 그를 따라 차에 올라탔다.

"오늘도 많이 덥네. 에어컨 틀어줄게."

수희가 출근한 지 얼마 지나지 않은 아침이었다. 재건은 한산한 길을 달려 금세 서건우의 무덤 앞에 도착했다.

"선배님, 안녕히 주무셨어요? 저 왔습니다."

재건은 가져온 소주와 안주를 내려놓고 자기도 앉았다. 가장 마지막으로 꺼내 든 원고 용지를 두 손으로 내밀며 그가 말을 이었다.

"사람의 악의 초고가 드디어 완성됐어요."

첫마디를 꺼내고 났을 뿐인데 재건은 목이 메었다. 오늘은 서건우에게 털어놓고 싶은 이야기가 많았다.

"언제부터였을까요. 더 이상 선배님의 조언이 들려오지 않게 된 게 말이에요. 아무리 간절하게 청해도 더는 들을 수 없는 선배님의 목소리가 그리웠습니다."

재건은 무덤에 살며시 돋아난 잡풀을 떼어내며 느릿느릿 말을 이었다.

"사람의 악의를 쓰는 동안에도 그랬지요. 한 번도 조언해 주시지 않았고 저는 혼자서 전력을 다할 수밖에 없었죠. 어느 순간부터는 선배님께 간청하는 것도 그만두게 되었고요. 그런데…… 그런데 선배님."

잠시 말을 멈춘 재건의 입에서 더운 숨결이 새어 나왔다.

"며칠 전 우연히 이런 생각을 했어요. 사실 선배님의 목소리가 실제로 들려왔다는 느낌은 착각이 아니었을까. 그저 제 안에 깃든 선배님의 재능과 제 치기가 충돌했던 것이 아닐까. 그런 생각이요."

찡해져 오는 코끝을 누른 재건은 무덤을 향해 쓰게 웃어 보였다.

"아무튼 이기적인 놈이라서 좋게만 생각하고 있습니다. 선배님께서 조금이나마 저를 한 사람의 작가로서 인정해 주시는 거라고요. 정말 고맙습니다, 선배님. 좋은 글이 무엇인지 알려주셔서요. 세상이 얼마나 넓은지, 그리고 이 넓은 세상을 어떤 눈으로 바라보고 글줄로 옮겨야 하는지 일깨워 주셔서요."

말을 마친 재건이 자리에서 일어섰다. 절을 하려고 자세를 잡는 사이 인기척이 느껴졌다. 고개를 들자 몇 미터 떨어진 언덕에 선 노인의 모습이 보였다. 여름용 개량 한복을 입은 노인이 반가워서 재건은 환히 웃었다.

"아, 어르신. 경주에 계시다가 올라오신 거예요?"

"노인네가 지나가듯 툭 던진 말을 아직도 기억하고 있네그려. 무덤 앞에서 뭘 그렇게 혼자 중얼거리고 있었어?"

"아니, 아닙니다……. 그냥 푸념을 조금……."

재건이 민망해서 뒷머리를 긁적였다.

도대체 언제부터 보고 있었던 걸까.

그러거나 말거나 노인은 성큼성큼 다가와 재건 앞에 뒷짐을 지고 섰다.

"저건 뭔가?"

"아, 이거요. 예전에 어르신께도 보여드렸던 그 소설 초고입니다. 이제 완성이 돼서요."

"그걸 왜 여기 가져왔어?"

"그건……."

할 말이 궁색한 재건은 말끝을 흐렸다. 갑자기 노인이 그에게 손을 불쑥 내밀며 청했다.

"나도 좀 봐도 되겠나?"

"네? 아, 그럼요. 졸작이지만 감상 부탁드립니다."

재건이 원고를 집어 두 손으로 공손히 내밀었다. 노인은 잔뜩 찌푸린 얼굴이 되어 고개를 좌우로 내저었다.

"다 보여줄 필요 없어. 마지막 한 장만 펼쳐 봐."

"네? 아…… 네."

처음 봤을 때부터 느꼈지만 참으로 괴팍한 노인이다. 속으로는 그렇게 생각하면서도 재건은 원고의 마지막 장을 펼쳐 보였다. 노인은 가늘게 뜬 두 눈을 들이대고 묵묵히 한 장의 원고를 읽었다.

"그래, 결국 이렇게 끝나는군."

전부 읽고 난 노인이 허리를 펴며 하는 말이었다.

"한번 타고난 천성은 절대로 안 바뀐다 이 말인가?"

"아, 네……."

"그래서 주인공은 이렇게 죽는 거고?"

"죽음을 맞이하는 쪽이 자연스러우리라 판단했습니다. 사람은 쉽게 변할 수 있는 동물이 아니라고 생각하기 때문에요."

노인이 하늘 저편을 올려다보며 고개를 주억거렸다. 잠시 후, 왔던 길로 천천히 몸을 돌리며 그는 중얼거렸다.

"사람은 쉽게 변할 수 있는 동물이 아니다……."

"뭐라도 좋으니 말씀해 주시면 꼭 참고하겠습니다."

"아니야, 일없어. 잘 읽고 가네."

노인이 터덜터덜 걸음을 내디뎠다. 뒷모습을 멀거니 바라보는 재건의 두 귀로 나직한 한마디가 파고들었다.

"나라면 읽는 이에게 희망을 주면서 끝을 맺겠네."

"……?"

"어떤 형태로든 희망이 있다면 말일세. 두고두고 삶이 힘겨울 때마다 책장에서 자네 작품을 꺼내 들지 않겠나? 아무리 세월이 지나도 다시 읽고 싶은 그런 글이 되지 않을까 하는 말이야."

"어르신, 조금 더 자세히 말씀을……."

"뭐, 그게 다야. 이만 가네."

노인의 걸음이 빨라졌다. 쫓아갈까 말까 망설이는 차에 핸드폰이 몸을 떨었다. 재건은 사라져 가는 노인의 뒷모습을 두 눈에 담은 채 전화를 받았다.

"네, 편집장님."

–저는 하 선생님의 담당 편집자가 될 수 있었던 것을 크나큰 명예로 생각하려고 합니다.

"갑자기 무슨 말씀이세요?"

탄성인지 침음인지 모를 긴 한숨이 전파를 갈랐다. 연이어 명석의 기운찬 목소리가 이어졌다.

–사람의 악의 마지막 챕터까지 완독했습니다. 이 글은 한마디로 엄청나다고밖에 표현을 못 하겠습니다.

"하하하…… 저는 또…… 괜히 하시는 말씀인지는 알면서도 기분은 좋습니다."

–괜히 하는 얘기가 아니에요, 선생님. 어떤 말로도 이 소설의 깊이를 표현할 수가 없을 만큼 감동했습니다. 제가 장담하건대, 풍천유가 아닌 하재건으로 출간된 모든 작품 중이 사람의 악의가 으뜸으로 자리매김하게 될 겁니다.

"고맙습니다. 근데…… 마침 얘기가 나왔으니 드리고 싶은 말씀이 있어요."

–뭐든지 말씀하세요, 선생님.

"사람의 악의는 새로운 필명으로 출간하고 싶습니다."

–새로운…… 필명이요?

재건이 고개를 들고 먼 하늘 저편을 바라보았다. 지평선

끝자락을 지난 그의 두 눈은 바다를 건너 미국을 담고, 나아가 온 세상을 오롯이 담고 있었다.

"네, 하재건 말고 다른 필명이요."

-으음……! 네.

명석의 침음이 유난히 강렬하게 귀를 울렸다. 재건은 서건우의 무덤을 두 눈에 담은 채 말을 이었다.

"선입견을 피하고 싶어서 그렇습니다."

-독자들의 반응 말씀이시군요.

"어쩌면 이건 글쟁이로서 일종의 도전일지도 모르겠습니다. 하재건이 아닌 생소한 필명으로 얼마만큼 성과를 낼 수 있을까, 혹은 독자들의 공감과 호응을 얻어낼 수 있을까, 그런 것들이요."

-저도 글을 써봤던 사람이기에 이해가 갑니다.

"사람의 악의에 제가 가진 모든 걸 쏟아부었어요. 그래서 조금은 자신도 있고, 특히 이번 작품은 더더욱 선입견이란 녀석을 피하고 싶습니다. 어? 하재건 신작이네? 유명하니까 이것도 무조건 잘 썼겠지? 하는 식의 긍정적인 쪽도, 아니면 어? 하재건 또 신작이야? 근데 얘 판타지나 무협 썼던 애잖아. 안 봐 하는 식의 부정적인 쪽도 전부 마찬가지예요."

-확실히 그런 경우가 발생할 수 있지요. 선생님의 심정 저는 이해할 수 있습니다.

"그렇게 말씀해 주시니 고맙습니다."

재건은 여전히 서건우의 무덤을 바라보고 있었다. 사실 필명을 사용하려는 또 한 가지 작은 이유가 있긴 했다. 다만 언급할 필요성이 없는 개인적인 이유라서 말을 아꼈을 뿐이다.

'사람의 악의' 초고가 완성될 즈음부터 생각해 왔다. 스승의 이름으로 출간해서 적게나마 은혜를 갚고 싶다고. 무한한 가르침을 준 서건우를 향한 나름의 헌사가 되지 않을까 고민하고 있었던 것이다.

잠시 후, 전파 저편에서 명석이 말했다.

—사실 조금 놀랐습니다.

"놀라셨다고요?"

—사람의 악의를 필명으로 출간하시면 어떨까 하는 생각은 저도 하고 있었던 참이거든요.

"네……?"

재건이 두 눈을 동그랗게 떴다. 명석이 같은 생각을 하고 있었다니. 그래서 필명을 쓰고 싶다고 말했을 때 다소 놀란 반응을 보였던 걸까.

—정확히 말씀드리자면 아내가 먼저 낸 의견입니다.

"아, 그러셨어요?"

—네, 죄송합니다만 아내가 직접 설명을 드리고 싶어 합니다. 잠시 실례해도 괜찮으실까요?

"물론입니다. 바꿔주세요."

부스럭거리는 소리가 일었다. 곧이어 여느 때처럼 활기찬 유진의 목소리가 날아들었다.

–안녕하세요, 하 선생님! 필명으로 내시겠다니 아주 탁월한 결정을 하신 겁니다!

"아하하, 네. 이거 저만의 생각이 아니었다니 무척 기분이 좋은데요?"

–저도 좋아요, 하 선생님. 이제 바로 세계 도전 하셔야죠.

일순 재건의 얼굴이 웃는 표정 그대로 굳어들었다.

"세계 도전이요?"

–네, 영어권 이름으로 필명 만들고 해외시장부터 먼저 공략 들어가는 거죠. 소설 배경도 L.A라서 금상첨화네요.

"잠깐만요, 영어권 이름…… 그리고 해외시장부터요?"

–아무래도 동양인 이름보다는 영어권 이름이 그쪽 시장에선 훨씬 친숙하게 받아들여질 수 있으니까요. 바로 미국, 영국, 호주, 캐나다, 인도까지 전부 상륙하시죠! 저 유능한 에이전트인 거 아시죠?

이건 말 그대로 점입가경이다. 재건은 곤혹스러워져 머리를 뒤로 쓸어 넘겼다. 서건우의 이름으로 국내에서 먼저 출간하려던 생각이었는데, 유진은 같은 취지일지언정 전혀 다른 방향성의 제안을 해온 것이다.

—사실 더 브레스가 미국에서 승승장구하고 있지만요. 그리고 제아무리 서양 쪽이 장르와 문단의 경계가 모호하다고 하지만요. 그래도 기본적으로 사람의 악의는 장르 쪽 독자들의 취향과는 거리가 멀다는 게 읽어본 제 판단이거든요?

"저도 같은 생각입니다."

—하 선생님, 특히 영어권 독자들의 선입견은 무섭습니다. 그래서 다시금 강조해서 말씀드리되, 사람의 악의는 아예 영어 이름으로 가시는 것이 낫다고 생각해요. 독자층이 겹치지도 않는 더 브레스의 후광에 기대하는 것보다 훨씬요. 정 판매량이 좋지 않다면 나중에 마케팅의 일환으로 신원을 밝히셔도 될 문제 아니겠어요?

확실히 미국에 오래 살았던 까닭인지 유진의 말투는 과감하고 직설적인 데가 있었다. 그녀는 거침없이 말을 이었다.

—그리고 하 선생님, 노벨문학상은 영어로 번역이 되어야 하는 거 아시죠? 후후, 나중에 하 선생님께서 사람의 악의로 노벨문학상 수상하시게 될지도 모르니 미리 준비한다고 생각하시죠.

"노벨문학상이라니요. 제가 수없이 과찬을 들어왔지만 이건 지나치게 개연성이 없는 말씀이십니다."

—사람의 악의 저도 다 읽어보고 드리는 말씀이에요. 심장을 파고드는 이야기였어요. 아직도 여운이 남아서 가슴이 요

동쳐요. 음울한 내용이라 태교에 좋지 않다고 남편이 나중에 읽으라고 했는데 참지 못하고 독파해 버렸네요. 오호호!

기운찬 웃음소리가 귓가를 울리는 사이, 재건은 우두커니 서서 서건우의 묘비를 바라보고 있었다.

—하 선생님, 선생님은 이제 세계적인 작가세요. 사람의 악의에 대해 어떻게 생각하시는지 제 남편과 통화하시는 것도 귀동냥으로 옆에서 다 들었어요.

"……."

—선생님께서 한국 시장 한정이 아니라 세계를 봐주셨으면 하는 바람이에요. 이제는 마땅히 그러셔야 해요. 제 남편이 편집장으로서 맡은 마지막 작품인 만큼 저도 최선을 다하고 싶어요.

유진의 말에 재건은 묘비에서 눈을 떼고 고개를 들었다. 통화하는 내내 까마득히 잊고 있었다. 편집장을 그만두려는 명석을 붙잡고 '사람의 악의'를 맡아달라고 부탁했던 사람은 다른 누구도 아닌 자신이었음을.

즉, 이것은 거부할 수 없는 제안이었다. '사람의 악의'는 명석과 유진에게 유종의 미가 될 작품인 것이다.

—여보세요? 하 선생님?

"네, 듣고 있습니다."

상념에서 깨어난 재건이 대답했다. 스승을 향한 헌사는 어쩔 수 없이 후일을 도모해야겠다고 판단했다.

"제안하신 대로 따르겠습니다. 퇴고 작업하면서 좋은 필명도 생각해 보겠습니다."

다시 목소리가 명석으로 바뀌었고, 재건은 얼마간 더 작품 일정에 관한 대화를 나눈 뒤 전화를 끊었다. 뜨거운 핸드폰을 대고 있었던 관자놀이에서 땀이 한 방울 흘러내렸다.

"……얘기가 이렇게 되네."

"야옹?"

"혼잣말한 거야. 선배님께 인사드려. 금세 또 더워질 것 같고 너랑 눈솔이도 힘든데 곧 돌아가야지."

리카는 알아듣기라도 한 듯 무덤 주변을 어슬렁거렸다. 그 사이에 재건은 가져왔던 것들을 천천히 치우고 떠날 채비를 마쳤다.

"다시 찾아뵙겠습니다. 선배님. 아, 그리고……."

재건이 돌아서려던 걸음을 멈추고 무덤을 향해 말을 이었다.

"조금 전에 뵈었던 그 어르신 말씀이요. 희망적인 결말이었으면 좋겠다는 그 감상 때문에 어딘가 신경이 쓰이기 시작했어요. 오늘 보여드렸던 초고와 조금 내용이 달라질지도 모르겠습니다. 수정되면 다시 가져와서 보여드릴게요."

인사를 마친 재건이 리카와 눈솔을 데리고 차에 올랐다.

온 길을 거슬러 차를 달리던 그는 집을 100여 미터가량 남겨 둔 지점에서 브레이크를 밟게 되었다.

'큰일 났네…….'

집 앞에 스무 명쯤의 사람이 서성거리고 있었다.

기자가 아니라 독자들이었다. 카메라 대신 선물 꾸러미라든가 꽃다발 등등을 저마다 들고 있었다. 집에서 결혼한 소식이 뉴스로 나간 데다 '힐링텐트'까지 출연하고 난 뒤라 찾아오는 독자들이 부쩍 늘었다.

'집중해서 퇴고하고 싶은데…… 안 되겠다.'

재건은 즉시 차를 뒤로 돌렸다. 내비게이션에 새로이 설정된 목적지는 결혼 전 수희가 홀로 살던 아파트였다. 퇴고를 마칠 때까지 머무를 작정이었다. 돌이켜 보니 아파트를 처분하려 했던 수희를 극구 말렸던 것이 신의 한 수였다.

BIG LIFE

"왜 이렇게 악몽을 자주 꾸세요, 아버지. 보약이라도 한 첩 드셔야 할 것 같습니다."

"아니다, 그럴 거까지 없다."

줄기차게 흘러내리는 식은땀을 닦으며 태진이 힘겹게 대답했다. 아직 가시지 않은 악몽의 후유증으로 숨결이 가빴다. 꿈에서 보았던 오랜 벗의 얼굴은 여전히 눈앞을 아른거리고 있었다.

“출간해야겠다.”

“네?”

“마지막 여행 말이다.”

명석은 아무런 말도 할 수가 없었다. ‘마지막 여행’은 태진이 최근까지 퇴고를 거듭해 오던 장편소설이다. 재건으로부터 무척 냉정하고 혹독한 평가를 받은 작품이기도 했다.

“안 되는 글을 계속 붙잡고 있으니 악몽이 계속되나 보다. 이제 그만 마음의 짐을 덜어내고 싶다.”

“아버지…….”

명석은 말을 잇지 못하고 목울대만 울렸다. ‘마지막 여행’에 대고 재건이 내린 평가는 그도 똑똑히 기억하고 있었다.

“절정에 이르는 대목부터 문체는 이질적이고 묘사는 생기를 잃었습니다. 그 괴리감이 심해서 마치 두 사람의 작가가 함께 쓴 것 같습니다. 제가 열등감을 느낄 정도였던 도입부와 결말부의 장점이 한순간에 퇴색돼 버립니다.”

확실히 태진에게 상처가 될 수 있는 평가였다. 게다가 명석 역시 재건의 평가에 적잖이 공감하고 있었기에 더욱 마음이 아플 수밖에 없었다.

이제 아버지도 나이가 들었다. 체력이 떨어질수록 글은 점점 더 쓰기 힘들어질 것이다. 가능하면 좋은 말만 드리고 싶은 것이 어찌 보면 아들로서 당연한 노릇이다.

"그렇게 하시지요. 저는 마지막 여행 좋습니다."

"없는 말이라도 고맙구나."

"그냥 드리는 말이 아닙니다, 아버지."

"이제 훌훌 털어버리고 글은 더 이상 쓰지 않으련다."

"너무 그렇게 단정 짓지는 마시고요."

"아니다, 결정했다. 마지막 여행은 제목 그대로 내 마지막 작품으로 남을 거다."

태진이 텅 빈 허공을 응시하며 중얼거리듯 대답했다.

단 한 작품이면 족하다는 각오였다. 오랜 벗을 두고 생겨난 죄책감과 자괴감. 그로 인해 거듭되는 악몽이 이제는 감당하기 버거웠다.

"가서 일 보거라. 나는 혼자서 생각 좀 정리해야겠다."

"네, 아버지. 무슨 일 있으시면 바로 부르세요."

명석은 서재를 나와 자기 방으로 돌아왔다. 침대에 비스듬히 누워서 원고를 읽고 있던 유진이 상체를 일으켰다.

"유자차 가지러 간다던 사람이 왜 이렇게 늦게 와? 그리고 유자차는?"

"아, 깜박했네. 다시 다녀올게."

몸을 돌리는 명석을 유진이 붙잡았다. 그러고는 손에 들고 있던 원고 뭉치를 쓱 내밀었다. 재건이 퇴고를 끝낸 '사람의 악의' 원고였다.

"차는 됐고 이거나 검토해 봐."

"뭐, 나까지 검토할 거 있겠어? 초고야 다 읽었고 하 선생님 필력은 워낙 출중하시니."

"결말이 바뀌었어."

"뭐?"

"전에 보여주셨던 초고에서는 주인공이 마지막에 물에 빠져 죽잖아. 그 부분이 수정됐어. 직접 읽어봐."

명석이 원고 마지막 장을 펼쳤다. 유진의 말은 사실이었다. 전에 읽었던 초고에서는 모든 출세의 길이 막혀 버린 주인공이 강물에 몸을 던져 죽음을 맞이한다. 그 후 남몰래 그를 사랑했던 여자 혼자서 쓸쓸하게 장례식을 치러주는 결말이었다.

"살아나네……?"

강물에 투신하는 것은 변경된 결말에서도 똑같았다. 달라진 점은 그 후였다. 죽음이 임박해 오자 본능적으로 삶을 갈망하며 헤엄을 치기 시작하는 것이다.

강가까지는 너무도 멀다. 물살 또한 한 인간의 힘으로 헤쳐 가기엔 극히 거칠다. 그래도 주인공은 몸부림을 멈추지 않는다. 이성은 마비된 채로 어떻게든 살아보려고 강가를 향해 팔을 뻗고 또 뻗는다. 이 순간만큼은 아무도 찾지 않는 저 초라한 강가가 그의 이상향이 된 것이다.

변경된 결말은 그렇게 끝을 맺고 있었다. 주인공의 생사 여부에 대해서는 명확히 밝히지 않은 채로.

"어때?"

"으음……."

명석이 마른 입술을 혀끝으로 튕기며 고개를 끄덕였다.

"여운이 훨씬 진하게 남는군. 그리고……."

"그리고 또 뭐?"

"희망적이어서 난 이 결말이 더 마음에 들어."

"나도 그래. 악의로 점철된 삶이었지만 어쨌든 이 사람도 사람이니까. 자기 잘못을 뉘우치건 혹은 정신 못 차리고 그대로 살아가건 간에 뭐든지 살아남아야 할 수 있을 테니까."

마음이 통한 두 사람은 서로를 바라보며 싱긋 웃었다.

"오픈하우스에서는 뭐라고 해?"

"판권만 주면 최선을 다해서 팔아보겠대. 하 선생님 덕분에 회사 규모도 몰라보게 커졌다고, 그 은혜를 갚겠다고 난리도 아니야. 장르 소설만 다루던 출판사였다고 혹시라도 얕보지 말래."

"그거 잘됐군. 바로 번역 들어가면 되겠는데."

"응, 그래야지. 안 그래도 물색해 뒀어."

드르륵!

유진의 핸드폰이 울리며 메시지가 날아들었다. 내용을 확인한 유진은 제 입을 가리고는 웃음을 터뜨렸다.

"왜 그래?"

"하 선생님 메시지야. 필명을 뭐 이렇게 정하셨대? 정말 예전부터 느끼지만 작명 센스 없으시다."

유진이 핸드폰을 내밀어 메시지를 보여주었다. 그것을 읽은 명석도 웃고 말았다.

"하하하……."

BIG LIFE

타닥! 타다다닥! 타다닥!

키보드를 두드리는 열 손가락이 깃털처럼 가벼웠다. 오픈하우스 편집장 에이든에게 보낼 메일을 작성하는 내내 재건은 입가에 미소를 머금고 있었다.

'사람의 악의' 집필이 완전히 끝난 시점이라 더없이 후련했다.

"이제 다 끝났어."

재건의 혼잣말에 창틀에 앉아 있던 리카가 반응했다. 독자들을 피해 이곳 수희의 아파트에 머무른 지 닷새째였다. 마무리 작업은 완벽하게 끝냈다. 집 안 모든 곳에서 느껴지는 수희의 향취가 집중력을 크게 향상시켜 주었다.

"아예 수희한테 말해서 한동안 여기 있을까 보다."

메일 작성을 끝내고 일어선 재건은 시계를 보았다. 이제 곧 수희가 돌아올 시간이었다. 책이라도 보면서 기다릴 생각이 들어 그는 서재로 사용되는 방문을 열었다.

"우리 귀여운 이 팀장님."

이중 책장의 뒷면을 보면서 재건은 웃었다. 그간 수희가 필사적으로 서재 입장을 막았던 이유를 이제는 아는 까닭이다.

삑삑삑삑.

비밀번호를 입력하는 소리가 들리고 이어 문이 열렸다.

재건은 방금 뽑은 책을 손에 들고 거실로 나가보았다. 장바구니를 든 수희가 구두를 벗고 있었다.

"내려오라고 전화하지."

"별로 안 무거워."

"뭘 이렇게 많이 산 거야?"

"샤부샤부 먹고 싶다고 했잖아. 누나가 자주 해줘서 너무 잘 먹었다고. 언니만큼은 국물 맛있게 못 내더라도 노력해

볼게.”

수희는 옷도 갈아입지 않고 바로 장바구니를 열었다.

“옷 갈아입고 나와. 찬거리 내가 정리할 테니까.”

“국물 먼저 내고. 네가 도와줄 거 없어. 오히려 방해만 되니까 작가님은 쉬시고 계세요.”

수희가 개수대로 가서 채소를 씻기 시작했다. 재건은 우두커니 서서 그녀의 뒷모습을 바라보았다. 오늘은 하늘거리는 녹색 셔츠에 각선미가 돋보이도록 꽉 붙는 청바지 차림이었다.

“사람의 악의 얘기는 잘 마무리됐어?”

“어, 수정된 원고도 좋다고 하시고. 오픈하우스 에이든한테 메일도 보내뒀어.”

“고생 많이 했어요, 우리 하 작가님. 샤부샤부 맛있게 해줄 테니까 많이 먹고 오늘은 푹 쉬자.”

수희가 웃는 얼굴로 돌아보며 한쪽 눈을 찡긋했다. 재건은 그 아름다운 미소에 더 버티지 못하고 가까이 다가섰다.

“오늘 이쁘네. 청바지 새로 샀어?”

“전부터 입었던 거잖아. 그리고 그런 말은 아침에 해야지. 얼마나 곤히 자던지 몸 한 번 뒤척이는 법이 없더라.”

수희의 등 뒤에 서서 내려다보니 마침 양상추를 씻고 있었다. 재건은 그녀의 잘록한 허리를 양팔로 끌어안으며 몸을 밀착시켰다.

"요리하는데 왜 이러실까?"

"내가 도와줄게."

"도와줄 거 없다니까요."

"향기 좋은데. 향수 뿌렸어?"

"나 향수 안 뿌리는 거 모르니?"

당연히 모를 까닭이 없다. 질리지 않는 수희의 체취가 좋아서 해본 소리였다.

재건의 입술이 새하얗게 쭉 뻗은 수희의 목덜미로 천천히 내려갔다.

쪽.

소리가 나도록 입을 맞추자 수희는 몸을 흠칫 떨었다.

"간지러워. 하지 마."

재건은 듣지 못한 척 입맞춤을 계속했다. 곧이어 양어깨가 드러나도록 수희의 셔츠를 살짝 내리고는 양쪽 쇄골에도 번갈아 입을 맞추었다.

수희의 양 뺨이 서서히 홍조를 띠었다.

"이러지 마……. 이상해진단 말야."

수희의 말은 이미 발동이 걸린 재건에게 전혀 먹혀들지 않았다. 셔츠 단추가 위에서부터 차례차례 풀렸다. 맞닿은 두 사람의 입술 사이로 혀가 뒤엉켰다. 수희는 손에서 양상추를 놓치고 온몸을 부르르 떨었다.

“이제 그만해 줘, 응?”

잠시 입술이 떨어진 틈을 타 수희가 애원하듯 말했다. 가쁜 숨결은 불처럼 뜨겁고 심장은 터질 것처럼 뛰었다. 힘이 풀린 두 다리를 어쩌지 못해 한 손으로는 개수대를 짚고 서 있었다.

“응? 밥 먹고 해. 요리하는 중이…… 흡.”

재건이 다시금 입술로 말을 막았다. 두 손으로는 수희의 청바지 단추를 끄르고 연이어 지퍼도 내렸다. 이제 수희는 저항할 기력을 잃고 달아오른 몸을 맡길 수밖에 없게 됐다.

“재건아……. 그럼 여기서 이러지 말고 방으로 가.”

“아무도 없는데 어때.”

허리를 굽힌 재건이 수희의 청바지를 발목까지 쭉 끌어내렸다. 눈부시도록 아름답고 늘씬한 맨다리가 드러났다. 수희는 재건의 어깨를 짚고서 그가 벗기기 쉽도록 양쪽 발을 번갈아 들어주었다.

“어떻게 사람이 이렇게 예쁘지.”

속옷만 남은 수희를 자기 쪽으로 돌려세우며 재건은 새삼 감탄했다. 한껏 흥분한 수희는 농담으로도 그 말을 받지 못했다. 재건의 목덜미를 끌어안으며 입을 맞췄고, 재건은 그녀를 들어 개수대 위에 앉혔다.

드르륵!

“하읏, 저, 전화 왔잖아.”

“지금 못 받아.”

재건이 수희의 풍만한 가슴골에 얼굴을 파묻었다. 아직 미약하게나마 이성이 남아 있던 수희는 브래지어마저 벗겨지기 직전 그를 밀어냈다.

“오픈하우스에 메일 보냈다면서. 에이든이면 어떡해.”

“지금 미국은 새벽일 텐데 그럴 리가 없어.”

“다른 급한 전화일 수도 있잖아. 확인만 하고 와, 얼른.”

재건은 낭패에 젖은 표정으로 돌아섰다.

식탁으로 가 핸드폰을 확인해 보니 수희의 추측이 맞았다. 에이든으로부터 걸려온 전화였던 것이다.

“여보세요? 에이든 편집장님?”

–안녕하세요, 선생님. 메일 읽자마자 전화했어요. 아니, 죄송합니다. 전화를 드렸어요.

“너무 한국말 표현에 신경 안 쓰셔도 괜찮아요. 근데 되게 일찍 일어나셨네요. 지금 새벽일 텐데요.”

–일찍 일어난 게 아니라 밤새웠어요. 사람의 악의 읽었어요. 너무 좋은 작품이었어요. 선생님 대단해요. 훌륭하고 멋있어요. 선생님 정말 대단한 작가예요.

재건은 웃으며 주방의 수희를 돌아보았다. 눈짓으로 에이든이라는 사실을 알려주자 그녀는 고개를 끄덕이고는 옷을 갈아입으러 사라졌다.

–정말 고마워요, 선생님. 드래곤 라이더에 이어서 악의까지 저희에게 맡겨줘요? 아니, 맡겨주셔서요. 오픈하우스가 잘 팔아줄 거예요. 그리고 오픈하우스 또 돈 많이 많이 벌 거예요.

“말씀 감사합니다. 그런데 이 작품이 과연 잘 팔릴지는 모르겠네요. 음울하고 무거운 구석이 있다 보니까요.”

–미국인 감성에도 잘 맞을 거예요. 특히 개인적으로 주인공의 출생 배경 무척 와닿았어요. 이거 제 이야기이기도 하니까요.

“네…….”

재건은 숙연해져 쓰게 웃었다. ‘사람의 악의’ 주인공은 한국인이지만 어린 시절 미국 L.A의 백인 가정으로 입양됐다. 그리고 실제로 에이든도 소설 속 주인공과 비슷한 일을 겪고 어린 나이에 미국인이 된 사람이다.

–부모에게 버려진 외로움에 발버둥 치고, 성공만을 원하고, 자기 아이덴티티 찾지 못해 혼란스러워하고, 인종차별 힘들어하고. 소설 마지막 장까지 눈 안 뗐어요. 화장실도 못 가고 이 두꺼운 책 한자리에서 다 읽었어요. 좋은 글 써줘서 고마워요. 고맙습니다, 선생님.

"에이든 편집장님의 극찬을 들으니 이제 망해도 여한이 없겠습니다."

—안 망해요. 맡겨요, 선생님. L.A에서부터 마케팅할 거예요.

"L.A요?"

—드래곤 라이더 거기서 유명해졌지만 거기 한국인도 많아요. 신문, 잡지, 아마존 통해서 프로모션 제대로 할 거예요. 소설 내용도 L.A 많이 나와서 잘됐어요. 아주 좋아요.

"감사합니다."

—제가 감사해요. 그리고 우리 사장 벤도 좋아해요. 선생님 미국 필명 말이에요.

"아하하…… 필명 짓기가 어려워서 실례를 좀 했습니다. 바로 알아보셨어요?"

—왜 이렇게 선생님 필명 익숙한가 했어요. 그리고 나중에 놀랐어요. 대표와 저에게 명예예요. 실례가 아니라 좋아요.

'사람의 악의'에 대한 이야기 후엔 '더 브레스'에 관한 대화가 이어졌다. 판매량과 영화화 작업, 크리스 놀란 감독에 이르기까지 한참을 더 얘기한 뒤 재건은 전화를 끊었다.

"이제 통화 끝난 거야?"

"어."

재건이 대답과 동시에 돌아보았다. 어느새 편한 티셔츠와

반바지를 입은 수희가 국물을 내고 있었다. 재건은 안타깝기 짝이 없는 얼굴로 가느다란 한숨을 내쉬었다.

"그새 옷을 입었어?"

"장난하니? 통화가 20분이 훌쩍 넘어갔는데. 거의 다 됐으니까 와서 앉아."

재건은 의자에 앉는 대신 국물을 끓이던 전기레인지 불을 껐다. 그리고 수희를 번쩍 들어 두 팔에 안았다.

"하던 일부터 마저 끝내야지."

"그렇게 참기 힘들어? 진짜 짐승."

재건과 수희를 삼킨 침실 불이 꺼졌다.

두 사람이 서로의 애정을 확인하는 사이, 미국의 에이든은 잠자기를 포기하고 일을 개시했다. 재건과 수희가 저녁을 다 먹고 영화를 보며 잠들 즈음에는 편집 작업이 시작되었다.

이튿날 한국 시각으로 저녁 7시. 재건은 오픈하우스 측으로부터 표지 시안들을 받아볼 수 있었다.

미국판 제목은 악의(The Malice). 작가의 이름은 에이든 스미스였다.

말할 필요도 없이 오픈하우스 대표 벤 스미스와 편집장 에이든 쿠퍼로부터 따온 단순한 필명이었다.

"마이클, 무슨 책을 그렇게 열심히 읽어? 악의?"

"지난주에 나온 신간이야. 드래곤 라이더 낸 오픈하우스에서 출간돼서 관심이 생겼거든."

"무슨 내용이야? 판타지?"

"판타지 아냐. 아주 차갑고 사악한 주인공이 자신의 성공만을 바라고 달려가는 이야기야. 어둡고 깊어."

"윽, 그런 책 나는 딱 질색이야."

"그런데 흡인력이 굉장해. 묵직한데 지루하지 않아. 너도 읽어보면 좋을 거야. 넌 한국인이니까."

"내가 한국인인 거랑 이 책이 무슨 상관이 있지?"

"이 책 주인공도 한국인이니까. 어릴 때 우리나라로 입양되었다는 설정이야. 다 읽어가니까 오늘 빌려줄게."

"그래? 고마워."

'악의'의 시작은 소소했다. 출간된 날부터 사나흘가량은 인터넷상에서 아예 언급되지도 않았다. 에이든 스미스라는 생소한 이름의 작가가 낸 작품에 관심을 두는 독자는 거의 없었다. 애초에 오픈하우스 측은 단시일 내로 성과를 볼 기대를 하지 않았다. 그저 재건에게 약속했듯이 각종 매체를 통해 꾸준하게 마케팅을 펼쳤다.

'더 브레스' 덕분에 특별히 L.A 쪽에서 인지도가 높아진 덕분일까. 아니면 '악의'의 주인공이 미국으로 입양된 한국인인 까닭일까. 시간이 지나면서 한인촌을 중심으로 조금씩 입소문이 퍼져 나가기 시작했다. '악의'를 읽고 난 미국인 독자들은 각자 SNS나 블로그를 통해 소감을 올렸다.

―이렇게까지 막돼먹은 인간쓰레기가 주인공이라니, 와우! 난 제발 이 자식이 마지막에 물에 빠져 익사했기를 바라.
―에이든 스미스가 누구야? 내가 장담하는데 이 사람은 신인이 아냐. 유명한 기존 작가가 필명으로 제 실력을 시험하는 걸 거라고.
―이 소설은 내 폐부를 가르고 심장을 찢었어! 심오하면서도 가볍고, 유쾌하면서도 무시무시한 게 꼭 우리네 인생이군!
―대체 왜 이런 대단한 소설이 하드커버로 아직도 나오지 않은 거야? 오픈하우스 대표와 편집장 이하 직원은 죄다 바보들이야?
―캘리포니아 거주하는 39살 가정주부예요. 에이든 스미스라는 작가의 이 작품은 제 일생 최고의 소설이 되었어요. 정말 신인 맞나요? 아니라면 제발 정체를 밝혀줘요. 전작을 전부 읽어보고 싶어요.

독자들의 감상문이 인터넷을 통해 확산되면서 '악의'의 존재를 아는 사람들이 연일 늘어났다. 대형 서점을 통해, 인터넷 쇼핑몰을 통해 '악의'는 하루하루 꾸준하게 팔려 나갔다.

이러한 미국인 독자들의 반응을 재건도 이미 알고 있었다. 수희가 매일같이 반응을 검색하고 있으니 모르고 싶어도 모를 수가 없었다.

"페이스북에서도 하나같이 칭찬 일색이야."

모니터를 들여다보면서 수희가 환히 웃었다. 오늘도 퇴근하자마자 재건의 무릎 위에 앉아 독자들의 반응부터 살피고 있었다.

"확실히 전문 번역가가 다르긴 달라. 원작의 맛깔스러운 맛을 제대로 살려내셨잖아. 하재건 선생님, 좋으시겠어요."

"좋지, 그럼. 언제 한번 고맙다고 전화라도 해드려야겠는데."

드르륵!

"어, 한혜선 교수님이시다."

"어머, 교수님?"

수희가 화들짝 앉았던 몸을 일으켰다. 재건은 손을 뻗어 핸드폰을 집어 들었다.

"네, 교수님. 하재건입니다."

-저녁은 먹었니?

"아직 저녁 전입니다. 교수님은 드셨어요?"

—나는 일찌감치 먹었다. 신혼 생활은 할 만하니?

"정말 너무 좋습니다."

—목소리만 들어도 알겠다, 얘. 아주 깨가 쏟아지는구나.

재건과 혜선이 동시에 웃었다. 수희도 궁금한 눈치로 곁에서 귀를 바짝 기울이고 있었다.

—악의 미국 반응이 상당히 좋더구나.

"아, 교수님도 보셨어요?"

재건이 기쁘게 말을 받았다. 혜선은 재건이 '악의'의 저자라는 사실을 아는 몇 안 되는 사람 중 하나인 것이다.

—내 으뜸가는 제자 작품인데 당연히 찾아봤지. 게다가 이번 소설은 네가 지금껏 쓴 모든 작품 중에서도 최고다, 최고. 나 더 이상 너에게 가르칠 것이 없다. 이제 내가 너에게 배워야겠다.

"그런 말도 안 되는 말씀은 하지 말아주세요. 앞으로도 평생 지도해 주셔야죠."

—그렇게 말해주니 뿌듯하구나. 아, 내가 전화한 이유는 한국에서 출간 일정이 궁금해서다.

"네, 아마 내주쯤에는 출간될 겁니다. 예약 판매는 안 할 거고요."

—그래, 빨리 출간돼야 나도 내 서평을 떨쳐 내지.

일순 재건이 두 눈을 동그랗게 떴다.

"서평을 써주셨어요?"

-뭘 그렇게 놀란 목소리니? 문단 격파 통해서 내보내든 할 테니까 그리 알고. 아, 내 제자 아낀다고 생색내는 거 아니다? 혹여 부담 갖거나 또는 착각하거나 그러진 말려무나. 난 순수하게 악의가 너무 좋은 작품이라 독후감을 적었을 뿐이니까. 호호호.

"아, 교수님…… 정말 항상 이렇게 챙겨주셔서 감사드립니다."

-감사한 줄 알면 내일 맛있는 거 사줘.

"당연하죠, 교수님. 무엇이든 말씀만 하십시오."

-알았다, 그럼 내일 보자. 수희는 잘 있니?

혜선이 안부를 묻기가 무섭게 옆에서 수희가 끼어들었다.

"교수님~ 저 안 찾으시고 끊으실까 봐 마음 졸이고 있었어요."

-어머, 수희가 옆에 있었니?

"하하, 교수님. 수희한테 잠시 전화기 좀 넘기겠습니다."

그날 밤, 미국 L.A 타임스에서는 '악의'가 언급되었다. 오픈하우스 측에서 내보낸 광고가 아니라 정식 기사로 등재된 것이다. 간략한 소설 줄거리와 함께 독자들의 심상치 않은 반응을 곁들여 소개한 기사였다.

이 사실을 가장 기뻐한 사람은 웅성출판그룹 편집장 명석이었다. 인지도라고는 전혀 없는 에이든 스미스란 작가의 신작을 어떻게 홍보할지 고심하던 참이었으니까. L.A 타임스 기사 덕분에 띠지에 새길 홍보용 문구가 생긴 셈이었다.

'금세기 다시 볼 수 없는 걸작의 조짐이라…… 후후.'

명석은 L.A 타임스에 올라온 '악의' 기사를 읽으며 홀로 웃었다. 혹자는 기사를 읽고 다소 과장된 표현이 아닐까 의구심을 품을지도 모르겠으나 적어도 그의 경우는 아니었다. 그의 가슴 안에서 '악의'는 손에 꼽을 걸작의 위치를 차지한 지 오래였다.

'이 문구를 그대로 차용해도 무리가 없겠군.'

타다다닥! 타닥! 타다닥!

명석의 열 손가락이 바쁘게 타자를 두들겼다. 부하 직원들에게 지시할 사항을 꼼꼼하게 작성한 뒤 고개를 드니 시계가 보였다. 어느덧 시침이 9시를 가리키고 있었다. 야근을 했으니 당연히 아침이 아닌 밤이다.

업무가 '악의' 하나뿐이었다면 야근할 필요도 없었으리라.

하지만 명석에게는 특별히 더 신경 써서 작업해야 할 작품이 하나 더 있었다. 제목은 '마지막 여행'. 아버지의 일생 마지막 작품이 될 확률이 농후한 작품이다.

이윽고 일을 마친 명석이 컴퓨터 전원을 끄고 일어섰을 때였다.

똑똑.

"네, 들어오세요."

문이 열리고 나타난 사람은 태진이었다. 명석은 널브러진 서류를 그러모으던 두 손을 멈추고 입을 떡하니 벌렸다.

"아버지, 집에 계시지 않고 여긴 어쩐 일이세요?"

"네가 야근한다기에 어쩐지 죄책감이 생겨서 와봤다. 내 글줄 붙잡고 있느라 야근하는 거 아니냐."

"무슨 말씀이세요, 당연히 제가 해야 할 일인데요. 정말 그것 때문에 오셨어요?"

"겸사겸사, 너랑 들어가는 길에 옛날처럼 소주라도 한잔 하고 싶어서. 피곤하면 관두고."

"좋습니다, 아버지. 마침 퇴근하려던 참이었어요. 가시죠."

명석이 반가운 표정으로 대답했다. 유진과 함께 본가에 들어온 이후 아직까지 아버지와 허심탄회하게 대화를 나누지 못했다. 좋은 기회가 될 듯했다.

지하 주차장의 차 앞에는 실장과 운전기사가 대기하고 있었다. 그들이 뒷좌석 문을 열어주었고 태진과 명석이 차례대로 몸을 실었다.

"어디로 가시겠어요, 아버지?"

"오늘은 좀 시끌벅적했으면 좋겠구나. 무교동으로 가자."

시동 걸린 차가 주차장을 빠져나갔다.

평일의 한산한 밤거리를 달리는 차 안에서 태진은 무심한 어조로 물었다.

"출간 일정이 겹치니?"

"네?"

"하재건 작가 작품과 말이다."

"아, 다음 주니까요."

"그럼 나는 묻히겠구나."

"그럴 리가 있겠습니까."

명석이 쓴웃음을 지으며 태진의 기분을 살려주기 위해 반박했다.

"마지막 여행은 예약 판매부터 들어가서 벌써 선주문이 1만 부에 가깝습니다. 하재건 작가님 신작은 단순 배본이고요."

"그냥 해본 소리야. 녀석, 진지하긴."

아들의 어깨를 토닥이면서도 태진은 창밖을 향한 시선을 거두지 않았다.

그런 그를 보면서 명석은 마음 한구석이 시려왔다. 아버지가 느끼고 있는 묘한 긴장감이 여실히 전해져 오는 까닭이다.

지금 아버지는…… 아니, 오태진이라는 작가는 하재건을 두려워하고 있다. 심혈을 기울여 완성한 인생 마지막 작품이 비교당하고 좋지 못한 평가를 받을까 봐 노심초사하는 것이다.

아무튼 명석은 위로를 건넬 수 없었다. 위로를 건넨다는 건 자신이 이러한 추측을 했음을 시인하는 꼴이 되는 거니까. 아버지의 자존심을 위해 차오르는 말을 한사코 억눌렀다.

"아, 그러고 보니……."

마침 화제를 전환할 거리가 떠오른 명석이 운을 뗐다.

"정책 토론회 참석 여부 결정하셨습니까?"

"글쎄다……."

태진이 심드렁하게 대꾸했다. 한국 콘텐츠 산업의 활성화 방안을 모색하기 위한 정책 토론회로 문방위 소속 국회의원들은 물론 대중문화 평론가, 영화감독, 배우, 작가 등등 다양한 사람들이 초빙될 예정이었다.

웅성출판그룹의 수장인 태진은 진즉부터 참석 요청에 시달리고 있었다. 이제 환갑을 넘긴 그에게는 그야말로 신물이 나는 종류의 자리였던 것이다.

"결론 하나 제대로 못 내는 보여주기식 토론회 따위……."

"그러게 말입니다."

말은 그렇게 받으면서도 명석은 태진의 토론회 참석을 확신하고 있었다. 평생을 대외적인 반응과 정치적 변화에 민감하게 대처해 온 아버지다. 그러한 노력이 있었기에 오늘날의 웅성출판그룹이 있는 것이다.

"하재건 작가는 어떨까? 지금 한국에서 넘버원 작가인데 당연히 초청장이 날아갈 테고."

"아마 참석하지 않을 겁니다. 글쓰기와 무관한 일은 가능하면 하지 않으려는 주의라서요."

"네가 하 작가를 참 잘 아는구나."

"작가 대 편집자로서 함께 구른 기간이 있잖습니까."

"허허허."

웃음 끝으로 문득 태진이 명석의 손을 굳게 잡았다. 명석도 아버지의 주름진 손등에 다른 손을 포갰다. 아버지의 손이 미약하게 떨려오는 것을 느꼈기 때문이었다. 창밖으로 서울 시청이 지나가고 무교동이 가까워 왔다.

BIG LIFE

폭염의 열대야가 한결 누그러진 9월의 첫 주.

지상파 주요 3사는 물론이고 거의 모든 케이블에서 공통된 뉴스로 방송을 시작했다. 모두가 하재건이라는 작가와 관련된 이야기들이었다.

[해외로 진출한 하재건 작가의 '더 브레스-드래곤 라이더'가 식을 줄 모르는 인기를 과시하고 있습니다. 미국 판권을 사들인 오픈하우스 측에 따르면 판매량이 1,800만 부를 넘어 2,000만 부를 향해 가고 있다고 하는데요. 미국 이외에 영국, 프랑스, 독일을 비롯한 유럽 각지에서도…….]

[한국뿐만이 아니라 중국에서도 절대적인 인기를 구가하는 월드 스타 박도준이 소속사를 통해 공식적으로 차기작을 밝혔습니다. 바로 하재건 작가의 무협 소설 '현대지존록'이 그 주인공이었는데요. 중국 최대 규모를 자랑하는 영화사 틴센트 픽처스에서 제작을 맡게 된 이 영화에는…….]

[위저드리 픽처스에서 하재건 작가의 판타지 소설 '더 브레스' 영화화 일정을 공식적으로 발표했습니다. 국내에도 배트킹 3부작과 더 인셉션으로 익히 알려져 있는 유명 감독 크리스 놀란이 메가폰을 잡을 예정이며 출연할 배우로는…….]

[한편 180만 달러에 '겨자 목욕탕' 판권을 사들였던 패러마운틴사에서도 제작이 한창인데요. 현장에 나간 기자 연결해 보겠습니다.]

어느 채널을 틀어도 재건에 관한 얘기뿐이었다.

아직도 그의 이름 세 글자를 모르는 사람은 간첩 혹은 어딘가 덜떨어진 인간으로 취급하는 풍조마저 생겨나는 판국이었다.

재건에 대한 소식으로 세상이 시끄러운 사이, 인터넷 포털 사이트 귀퉁이에 한 토막의 작은 기사가 실렸다. 에이든 스미스라는 작가의 장편소설 '악의'에 관한 짧은 소개였다. 안타깝게도 이 외국 신인 작가의 이야기에 관심을 갖는 이는 거의 없었다.

"재건아, 악의 기사 나왔네."

일요일 한낮의 한산한 지하철 안.

수희가 핸드폰으로 찾아낸 기사를 내밀었다. 재건은 읽고 있던 소설책을 잠시 덮고 핸드폰으로 시선을 옮겼다.

—……주인공은 한국에서 태어난 한국인이지만 어린 시절 부모로부터 버려지고 미국의 백인 가정에 입양되었다.
뿐만 아니라 소설 속 곳곳에서 한국인이 아니면 표현하기 어려운 감성이 자주 눈에 밟힌다. 그런 까닭에 L.A의 한국계 미국인 독자들은 '악의'의 작가가 한국인이 아닐까 추측하고 있는 것이다.

출판사 측은 베일에 싸인 작가의 신분에 관해 철저히 함구하고 있다. LA 타임스에서 다뤄진 후 현재 초판 5만 부가 전부 팔려 나간 이 작품은 웅성출판그룹을 통해 국내에도 출간되었으며…….

"베일에 싸인 작가래. 기사 너무 재밌다."

"하하, 그러게. 무슨 신비주의 같네. 이거 오명석 편집장님이 직접 작성하신 것 같다는 의심이 드는데."

재건과 수희가 서로를 쳐다보며 히죽 웃었다.

두 사람은 간만에 휴일을 맞아 놀러 나온 참이었다. 국립중앙박물관을 돌아보고 점심을 먹은 다음, 지금은 서점으로 향하고 있었다. 태진의 신작 '마지막 여행'도 구입하고 그간 무슨 책이 나왔는지 두루두루 구경할 마음으로. 혹시라도 알아볼 사람이 있을까 두 사람 모두 모자를 푹 눌러쓰고 있었다.

"벌써 초판 물량 다 소화하고 증쇄라니. 역시 아무리 무명작가라고 해도 좋은 글이라면 독자들이 알아봐 준다니까. 안 팔리면 어쩔까 내심 걱정하고 있었는데 정말 잘됐어."

그렇게 말하며 수희는 재건의 팔을 부둥켜안았다.

"세상에서 제일 멋있어. 우리 재건이 너무 좋아."

"대학 시절부터 나한테 반한 게 이해가 가는군."

"기가 막혀. 치켜세워 주니까 바로 으스대는 것 좀 봐."

"농담한 거야. 내가 널 더 좋아하지."

"얼마나 더 좋아하는데?"

"그냥 뭐, 조금."

"알았어, 밥도 조금 줄 거야."

잠시 후 지하철이 멈추고 두 사람은 역에 내렸다. 그리고 지하 통로를 통해 연결된 대형 서점에 들어섰다. 휴일의 서점은 사람으로 바글바글했다.

"재건아, 여기 너 악의 있……!"

수희가 말하다 말고 제 입을 틀어막았다. 조심스레 주변을 살펴보니 다행히 들은 사람은 없는 듯했다.

안도의 한숨을 내쉬고 있던 차, 커플로 보이는 젊은 남녀가 그들의 옆으로 다가와 섰다.

"악의?"

커플 중 남자가 중얼거리며 '악의'를 손에 잡았다. 수희는 몰래 그들을 살피며 두 귀를 쫑긋 세웠다.

"L.A 타임스 좋은 책에 선정됐대. 재미있을 것 같네."

"흐음, 난 잘 모르겠네. 하재건은 신작 안 내나?"

여자가 심드렁한 표정으로 말을 받았다. 그러자 남자는 조금 울컥한 표정으로 그녀를 쏘아보았다.

"넌 작가라고는 하재건밖에 모르냐?"

"재밌게 잘 쓰잖아."

"하재건만 잘 쓰는 줄 알아? 세상에 글 잘 쓰는 작가가 지천에 널렸는데. 허구한 날 하재건 하재건 하재건……!"

"누가 뭐라 그랬어? 지망생 아니랄까 봐 또 혼자 민감해져서는."

"야, 내가 지망생이란 말이 여기서 왜 나와?"

"아, 몰라. 나 짜증 나서 나갈래."

"지, 지혜야!"

뒤늦게 당황한 남자가 황급히 여자를 쫓았다. 그의 손에는 여전히 '악의' 한 권이 쥐어져 있었다. 수희가 기쁜 듯이 웃고는 재건의 귓가에 대고 속삭였다.

"살 건가 보다."

"그러게, 하재건은 싫어도 에이든 스미스는 좋은가 봐. 여기 말고 더 안으로 들어가 보자."

재건과 수희가 서점 더 깊숙한 곳으로 자리를 옮겼다.

그리고 잠시 후, 한 사람의 사내가 신간 코너 앞으로 다가와 멈춰 섰다. 그는 잔뜩 찌푸린 얼굴로 매대 곳곳을 훑은 끝에 '악의'를 집어 들었다.

'뭐 대충 좋아할 거 같은 모양새의 책이군.'

사내는 오래 고민하지 않고 '악의'를 비롯해 몇 권의 책을 더 구입했다. 자신이 읽을 것이 아니라 심부름이었다. 계산을 마치자마자 그는 서둘러 서점을 나섰다.

BIG LIFE

"아이고, 콘텐츠 산업 활성화 정책 토론회요? 그런 거라면 제가 또 참석하지 않을 수가 있겠습니까. 어허허."

술과 안주로 난장판이 되어 있는 거실 한가운데. 과음으로 늦잠을 자고 있던 재훈을 깨운 것은 문화부 차관보의 전화였다.

"참석이 확정된 분들은 누구누구십니까? 아, 권성득 의원님이랑…… 어허, 웅성그룹 오태진 회장님도?"

내로라하는 유명인사들의 이름에 재훈은 정신이 번쩍 들었다.

최근 들어 그는 자신을 필요로 하는 거의 모든 행사 및 방송에 적극적으로 참여하고 있었다. 이유는 돈 때문이다. 야심 차게 준비한 '파이널 갓파더'의 제작비를 충당하기 위해 나름대로 분투하는 중이었다.

"혹시 그…… 하재건 작가도 옵니까? 네, 아니, 뭐…… 어쨌거나 꽤 잘 팔아먹는 작가 아닙니까. 아, 아직 확답을 받지 못했다고요? 흠, 네? 아하하, 무슨 말씀을. 하 작가가 참석하든 말든 저하고는 아무 상관 없습니다. 말 그대로 그냥 여줘봤던 거예요, 하하하."

삑삑삑삑.

현관문이 열리고 매니저가 들어왔다. 손에는 여러 권의 책이 든 쇼핑백을 들고 있었다. 마침 통화를 끝낸 재훈이 핸드폰을 소파 구석으로 내던지고 물었다.

"뭐 괜찮은 것들로 좀 집어왔어?"

"네, 신간이 제법 나왔더라고요."

"빌어먹을 토론회 섭외……! 영화는 못 찍고 주야장천 책이나 붙잡고 있으려니 죽을 맛이군."

재훈이 쇼핑백을 받아 들며 투덜거렸다. 읽고 싶어서 읽는 것이 아니다. 방송에서 말할 거리를 만들기 위해서라도 독서는 필수였다. 특히나 그는 콘텐츠 산업과 밀접한 연관을 맺고 있는 영화감독인 것이다.

"하나같이 제목들이 뭐 이래? 이건 뭐야? 악의?"

"미국 작가인가 봅니다. L.A 타임스에서도 좋은 책으로 선정됐다고 하길래 괜찮을 것 같아서 사봤어요."

"너무 두꺼운데……. 이거 사기 전에 좀 훑어봤어?"

"그건……."

"너 귀찮아서 이것들 전부 대충 집어온 거 아냐?!"

"아, 아니에요. 나름대로 성심성의껏 골랐다니까요."

변명하는 매니저 앞에서 재훈은 혀를 끌끌 찼다. '악의'를 손에 잡고 소파에 벌러덩 드러누우며 그는 말했다.

"가서 라면이나 끓여와. 고추 팍팍 넣어서."

"네, 감독님."

매니저가 속으로 욕설을 퍼부으며 주방으로 향했다.

재훈은 부루퉁한 표정으로 책을 펼쳤다. 조금 읽다가 재미 없으면 내던질 작정으로.

그로부터 약 10분 후.

"감독님, 라면 드세요."

"……."

"감독님? 라면 다 됐으니까 와서 드시라고요."

"말 시키지 말고 조용해."

"네? 라면 드신다면서요?"

"네가 먹든가 버리고 좀 놔두라고!"

재훈이 책에서 눈을 떼고 벌컥 소리쳤다. 애꿎게 호통을 들은 매니저는 침울해진 표정으로 라면을 먹기 시작했다.

"햐…… 이거 작가 내공이 상당한데?"

재훈의 벌어진 입이 감탄사를 연발했다. 뒤늦게 '악의'의 앞뒷면 표지를 들춰보며 그는 혼잣말을 이어갔다.

"역시 좋은 작품은 바로 촉이 오는 법이거든. 캬, 이런 작가가 많이 나와 줘야 콘텐츠 산업이 살아날 텐데 말야. 돈만

밝히고 글은 개차반으로 쓰는 하재건 같은 인간이 작가라고 주접떠는 세상이라니, 이거야 원."

"내용이 괜찮으세요, 감독님?"

"야, 장난 아니야. 하재건 소설로 썩어든 눈깔을 맑은 물에 넣어서 헹군 느낌이다. 너도 나중에 읽어봐라. 이런 게 진짜 소설이고 작품이야. 하재건 자식 그 펄프 픽션들하고는 비교가 안 돼. 이번 토론회 섭외 이거 준비해 가야겠어."

그 말을 끝으로 재훈은 더 이상 입을 열지 않았다.

'악의'에 완전히 빠져들기 시작한 까닭이었다.

to be continued

어떤 사물에는 그것을 오랜 기간 사용한
사람의 잠재된 능력이 고스란히 담긴다.
그리고 난 그것을 사용할 수 있다.

천재 디자이너, 죽은 이도 살리는 명의,
감성을 울리는 피아니스트, 바람기 가득한 첩보원.
그 누구라도 될 수 있다. 단, 애장품만 있다면!

달인의 눈으로 세상을 바라보는,
유쾌한 민호의 더 유쾌한 애장품 여행기!

인류 최초의 8클래스 마법사 이안 페이지.
배신 끝에 30년 전으로 돌아오다.

설령 세상이 무너지는 한이 있더라도.
상상을 초월한 적이 눈앞에 나타나더라도.
지키고픈 이들을 반드시 지켜낼 수 있는 힘.

'그 힘이 적당할 필요는 없어.'

소중한 이들을 지키기 위한,
8클래스 이안 페이지의 일대기!

Flatter 퓨전 판타지 장편소설

사내는 강고하게 선언했다.
"다음 삶에서야말로 나는 너를 죽인다."

『기대하지.』

세상과 함께, 사내의 심장이 찢겼다.

20,000년이 넘는 세월을 살아 왔다.
히든 클래스 전직과 비기 획득도 지겨웠다.
모든 것에 지쳐갔다.
마황에게 죽임을 당하는 순간조차도.

바로 오늘, 강윤수는 999번 회귀했다.
죽거나, 죽이거나.

**모든 클래스를 마스터한 남자의
일천 번째 삶이 시작된다.**